U0076047

張曼娟
小說精選

煙花渡口

自序

煙花渡口

一九八三年，值得特別標記，那一年我大學畢業，考上中文研究所碩士班；畢業前得到了生平最大的一次文學獎項；畢業後的暑假，伏案寫完兩萬多字的小說〈海水正藍〉，投稿皇冠雜誌社而以「特別推薦」的方式刊出。這一切的順遂來得太快，我覺得自己還沒準備好，因而惶惑不安。兩年後《海水正藍》短篇小說集出版，誰也沒料到這部校園氣味濃厚的純情作品，竟然成為當時最受矚目的暢銷書。隨之而來的負面效應固然不少，我卻仍覺得自己太幸運，不知是從哪兒借來的人生，總有一天要還回去的。

在《海水正藍》的序裡，我曾這樣描述自己：「我驀然相信，在上一世，或更久遠的前生，我就是個擺渡的女郎。而在今生，當我掌中映著別人晶瑩的淚光；當我在燈下執筆，隨著故事中的人微笑或悲傷，便幾乎可以確定，自己仍繼續著這樣的『事業』……是的，就是擺渡。」持續創作這麼多年之後，我突然對這樣的描述感到懷疑。

二〇一一年初，寒流一波接著一波，陰雨綿綿不絕，我再度走進皇冠雜誌社，才進門立刻見到平鑫濤先生，他很興奮地，迫不及待將預先做好的，四款雜誌封面拿給我看。這一年，正好是我「降落地球五十周年」，除了出版散文精選集《剛剛好》，與小說精選集《煙花渡口》之外，皇冠雜誌三月號還規劃了以我為封面人物的特集。

四款漂亮的封面攤展在我面前，平先生對我說：「我們其實做了好多款，這是比較滿意的四款。」我只能點頭，卻一句話也說不出來。回想起一九八八年初識出版界傳奇人物平鑫濤先生，他那樣親切、溫暖而熱情。已經出版兩本小說集《海水正藍》與《笑拈梅花》的我，對於他的邀約出版，很不好意思的說：「可是我目前沒有出版小說的計劃，倒是想出版散文集。但我想，散文集恐怕沒什麼銷路吧。」平先生堅定地說：「散文也好，小說也好。只要是曼娟的書，我們都想出，我們都願意等。」於是，一九八八年底我的第一本散文集《緣起不滅》由皇冠出版社發行。爾後的小說與散文創作大都在皇冠出版，過了幾年，《海水正藍》與《笑拈梅花》的版權收回，也交給皇冠發行，從大平先生，到小平先生（平雲），將近三十年，真的是「緣起不滅」啊。

記得早期在皇冠出版的封面，都是由平先生親自挑選的，像是《緣起不滅》的布袋蓮，水面上一片蕩漾的紫色與新綠。平先生很尊重我的意見，一定問我喜不喜歡。而我信任他的眼光，從他眼中燃燒的熱情，便知道絕對錯不了。直到近些年平先生處於半退休狀態，看見他的機會變少了。而我也進入另一種狀態，從一個大眾文學創作者轉而為大眾文學的研究者與教學者。在大學裡開設了「大眾小說」的課程，這才重新認識了平先生這位經典人物。在爬梳台灣乃至華人世界的大眾文學史的過程中發現，平先生不僅是皇冠近六十年來的掌門人，更是大眾文學的掌舵者。而傳奇絕不是天生的，乃是後天無數的執著與拚搏，有開疆闢土的豪氣，更要有月移花影的細膩，才能成為難以企及的經典人物，成為一個開創時代的傳奇。

我怎能自稱是個擺渡人呢？我其實是在渡口等待過渡啊。

二〇〇八年，宛如小說情節的事件發生了。最初是母親告訴我，有個外國人打電話來家裡找我，說是要跟我邀稿。「他講的是英文嗎？」我完全不關心邀稿的事，只詫異七十幾歲的母親如何與外國人交談？「那個老外是英國人，當然講英文……」年輕時擔任護士的母親曾與外國醫生上過班，但我完全沒想到她竟和一個英國人相談甚歡，還告訴人家我很忙碌，回到家都已經很晚了，無法掌握我到家的確切時間等等。

「現在的詐騙集團還真是無所不用其極啊！」這是我得出的結論，並且叮囑母親，下次再接到外國人的電話，直接掛斷就好了。

沒想到一、兩個星期之後，學校研究室的電話響起，是英國人！我隨意應付兩句就想掛電話，突然，聽見了純正的北京腔普通話，普通話說他是英國人的同步口譯：「真的很高興找到了張曼娟教授，我們已經找了妳許久了。」我心裡還在想：「詐騙集團是跨國企業嗎？」然而，在英國人誠懇的訴說與普通話熱切的翻譯下，我漸漸拼湊出來龍去脈了。原來是世界頂級鑽石打造出的 Forevermark Precious Collection「永恆印記『珍貴』系列」將於中國揭幕。鑽石公司邀請世界各地的重要作家共同書寫關於「珍貴」與「愛的獨特記憶」的小說，將製作成全世界獨一無二的手工書。因為這是一個很重要的活動，他們邀請的都是具有文學性又有影響力，並且能夠代表那個國家或地區的作家。亞洲地區有日本作家林真理子、香港作家西西、大陸作家王安憶，台灣作家則希望邀請我。

「為什麼會是我？」我問了這個問題。後來想想實在滑稽，通常人們遭遇災變才會脫口而出的一句話，我竟在應該倍感榮幸的時刻問了。英國人滔滔不絕的解釋一定要邀請我的原因，我又問了很想知道的問題：「是誰推薦我的？」英國人說他也不太清楚，總之是一個「可信賴」的「權威人士」。

我一邊構思著小說題材，一邊把這個奇聞跟朋友說，因為稿費太豐厚，邀稿方式又如此的縹緲奇特，大家都當作娛樂新聞來聽。「最糟的狀況就是『害』妳寫出一篇小說，不會有什麼損失的啊。」朋友說。

小說寫完了，手工書製成了，稿費也匯來了。最重要的意義卻是，我永遠無法得知的那位「可信賴」的「權威人士」，原來一直注意著我在創作上的執著、投入與成長，在我對自己不具明確信心的時候，沉默而有力量的為我擺渡，宛若半生那樣漫長的河，隔著半個地球的遙遠距離，一撐而過。我只聽見水聲撥動，卻始終沒見到擺渡的人。

編選這本短篇小說精選集，重讀著這些喜悅或悲傷的故事，那些遠去的時光便重現在我眼前，每一個故事都與我的生命緊緊相扣，而我始終是站在渡口的那個人。有時意興昂揚，有時茫然失據，或許一直堅持著擺渡的心願，卻被許多人與許多故事擺渡，渡過一個又一個，生命裡的險灘與深潭。有些人成為我的摯友，有些人成為我的夥伴，有些人根本素昧平生。

他們的微笑與支持；他們的體貼與情愛；他們的激勵與提攜，就像在黑夜的渡口，施放一束又一束璀璨的煙花。

《煙花渡口》，十四篇小說，二十六個春秋，我的小說精選集，紀念那已經遠去，卻無比永恆的青春年華。

目錄

儼然記

這不只是二十幾年執著的等待，
這是一種亙古別離後，乍然重逢的狂喜，
卻又如隔千層雲、萬重山的遙遠。

1

朋友之間的相交，究竟可以到怎樣的程度？韓芸終於明白了，在她認識岳樊素之後。

幼年時代便遭父母雙亡噩運的樊素，本身就是一篇傳奇。她住在舅舅家，由外婆撫養長大，外婆用盡自己所有的積蓄，供她唸完大學。在她的心裡，只有外婆是需要反哺報恩的唯一親人。過度的恩怨分明，使她顯得冷漠而理智。儘管如此，多年來隱忍的悲苦，卻化為周身美麗的光華。她的「美麗」雖不是公認的；她的「光華」卻有目共睹。

大學四年，韓芸和樊素是一對形影不離的好友。因住宿而結緣，一住就是四年，也是奇數。到了後來，她們不藉語言，而能明瞭對方的心意。在租賃的小閣樓上，常可以兩杯香茗，微笑對坐一個下午，直到夕陽西沉。雖然一言不發，整顆心都是滿溢的。

大學畢業那年夏天，她們相攜到外雙溪故宮一帶閒逛。坐在一棵崢嶸的樹蔭下，陣陣淡雅的幽香隨風飄來，偶爾，幾朵白色的小花，從眼前滑過，輕悄地跌落在地上，這是個寧靜的下午。

樊素小心翼翼地拾起一朵落花，放在掌中旋視，她讚歎地：

「妳看這花，韓芸！」

韓芸湊近她細白的手，那朵花立在她粉紅色的纖細掌紋中。純白的五個花瓣，籠著一圈鵝黃的色澤，雖是落花，卻不軟弱，顯出一股精神。樊素抬起頭，看那滿樹的花朵，它們一朵一朵獨立綻放，不是一簇一簇熱鬧的依偎，這樣細緻的花朵生長在如此高拔茂密的大樹上，並不多見。

「這是什麼樹呢？開了滿樹的花……」樊素喃喃地。

「這花沒有心呢！」韓芸突然發現，她拾起腳邊其他的落花：

「真的，真的沒有花心，是空的。」

樊素仰面注視花樹，她深吸一口氣：

「看它們，好像是在等待著什麼，等了一世又一世……」她的眼光落在掌中的花朵上，嘆息地：

「等得連心都消失了。」

韓芸的心，猛地一縮，突如其來的莫名感動。

樊素的上身傾向韓芸，眼神有些迷茫，她問：

「妳想，世上會不會有一種情緣，經過幾世的等待，只為了一刻的相遇？」

「瞧！」韓芸憐惜地靠著她：

「妳又來了！」

「我相信這種事……」樊素任意地掠過披肩長髮，半邊臉頰被夕陽映得緋紅，看起來氣色很好，雙眸顯得特別晶亮。斜睨著韓芸，她問：

「妳信噓？妳不信噓？」

韓芸不和她辯，只抿嘴微笑。然而，離開的時候，韓芸不經意地回首張望，微風中，每朵花兒都在枝葉中搖盪，恰似一顆顆長久等待而顫抖企盼的心靈。

沒過多久，她認識了一個學植物的男孩，男孩聽了她的描敘之後告訴她，那種開滿花的樹，有一個美得令人神往的名字——木蓮。

畢業以後，韓芸回到東部故鄉，樊素留在台北。韓芸寫信將「木蓮」的事告訴她，她竟然沒有什麼反應。只因為突然之間，她跌進了深深的迷惘……

2

記不得這個夢境第一次出現，是什麼時候？

她置身在一座竹林中，碧竹高聳入雲，密密排列著，有輕煙或薄霧籠在眼前，微透著沁膚的涼意，她在林中奔跑，似乎在尋找什麼人；又像是被人追趕，一顆心悽悽惶惶地懸吊著，除了自己的喘息，什麼聲音都聽不見。她困難而費力地邁著步子，常感覺來路被阻了，卻又豁然開通……她一直跑到一道小溪旁，不得不停住，溪水湍急，沒有可以跨越的石塊，也沒有渡船，她極為不甘的停下來，然後，便清楚地聽見一聲嘆息，悠長、緩慢、深沉、男性的嘆息……她醒來，冷汗涔涔，全身毛孔張開，虛弱與迷惘自心底升起，泛漫開來。

一而再，再而三，這樣的夢魘愈來愈令她苦惱，她不知道自己在夢中瘋狂地尋找什麼？她不知道那奇異的嘆息代表什麼？她期待入夢，為的是解開疑團，然而，一次夢醒，便加深一層憂鬱。於是，她在等待的同時，也神經質地帶著恐懼的心情。這個夢打擊了她的自信與高傲，原本拒絕信仰任何宗教的樊素，一臉無助與茫然，找到居住東部鄉下的韓芸。

聽完她的敘述，韓芸也只能坐著，沉浸在不能理解的困惑中。樊素對她說：

「妳以前告訴我，妳家後山有座廟，求神問卦，都很靈的。」

「樊素！妳以前從不相信這些的。」

「現在不同了，我覺得這個夢一定不是無緣無故的，我必須知道其中的奧妙，才能不受它的折磨——」

「好吧！」韓芸勉強帶她出門，但，在感覺中，這樣的夢，總不是吉兆。於是，韓芸叮嚀道：

「但是，也不能太相信……」

老廟祝擎著那支籤，反覆觀看，沉吟良久，然後告訴她們：

「有情無緣嚒，也是枉然……」

「我能見到他嗎？」

廟祝抬起頭望著樊素，鏡片後的瞳仁濛濛地，帶一絲悲憫的意味：

「既是無緣，相見不如不見……」

那夜，樊素從夢中驚叫醒來，韓芸也翻身爬起，就著月光，看見她臉上狼藉的淚痕。她失魂落魄得更厲害，從沒有談過戀愛，而今卻比失戀更嚴重。韓芸為她擔心，認為這是過度壓抑自己的結果，幾乎忍不住要勸她去找心理醫生談談。但，她的敏感令韓芸不敢造次。

「我又作夢了……」樊素抽泣地，落淚紛紛：

「差一點就要看見他了，韓芸！妳相信有他嗎？」

韓芸不是不相信，而是情願她不要相信；想起那些對她關愛容忍的男孩，始終得不到她的青睞……韓芸點頭，卻顯得困難勉強。樊素立刻看出韓芸的無奈，閉上眼，不發一言地轉過頭。

樊素在第二天清早離開韓家，韓芸送她到車站。因為失眠，她們的臉色和精神都不好，彼此也不交談。韓芸靜靜打量樊素，纖弱而凝肅鑄成一種特殊的神韻，薄唇毅然緊抿，透著漠然不可及的悒鬱。曾經，在她們共處的日子裡，挽緊手臂，便有一種親暱得如同姐妹的情感，總以為未來不可知的歲月，一定可以共度喜悅與憂傷……韓芸的心隱然絞痛，因她對樊素的苦惱，全然地愛莫能助。

火車進站了，樊素提著簡單的行李站起身，韓芸忍不住握她空著的手，急切而不知所云：

「好好的……珍重……」

她轉臉看著韓芸，搧動睫毛微笑，那笑意融化了冰霜。韓芸最愛看她笑，因她一笑便盡掃眉宇間的輕愁與早經世故的滄桑；她笑起來總像個稚氣的孩子。

3

樊素回到台北，她生活的地方。白天，她是出版社沉靜的小職員；晚上，她是「萬象劇團」狂熱的演員。從求學時代，她就參加了這個戲劇團體。團長霍天縱是她的戲劇啟蒙老師，她對霍天縱始終保持敬慕與懾服。他們常在一起談人世間的無常，霍天縱開朗達觀，是十丈紅塵中少有的清明者。

這一次，他們策劃演出「杜十娘怒沉百寶箱」，探討人性的軟弱與現實。樊素飾演杜十娘，一位風塵中的俠女，可悲的是以為脫離了風塵，結果卻陷入泥坑。當樊素全然沉溺其中，便忘記了許多事，她渴盼這種忙碌緊張，那個夢境果然不再出現，一切變得輕淡遙遠……

「我現在逐漸從忙碌中體味到生活的趣味。偶爾，透過車窗看天上遊移的薄雲，那份恬適的心情，簡直就是一種幸福！」她在信中對韓芸說：

「可愛的姥姥每次收到我寄去的錢，總是歡喜得不知如何是好！也不管這是什麼季節，密密地織了毛海毛衣、帽子和圍巾給我寄來！姥姥口述，小表弟執筆的信中，總教我要多多『留意』。我知道她老人家和妳的企盼是一樣的，其實，並不困難，我一定會令妳們滿意的。有時候實在想不通，過去的日子，究竟執著些什麼……」

終於到了演出時候，按照往例，最後一天演出，諸親眾友一定從四面八方趕來捧場。

不知道為什麼，末場演出，樊素覺得焦躁惶然，心亂如麻，每次下場，她總是狠咬自己塗上豔紅蔻丹的手指，卻怎樣也穩不下來，於是，腦中閃過那個夢境及廟祝的話，難道，在這數以千計的觀眾中，竟隱著一個他？一個不可知的，未曾見的，宿世的情緣？她不知所措，整顆心失去控制的飛揚起來。

謝幕時，她在白衫裙外罩一件猩紅色披風，所有的長髮偏挽了一個鬆鬆的髮髻，斜垂著，臉上的妝褪了一些，紅暈浸在象牙白的肌膚中，整個臉龐透著光彩。好友們衝上臺為她獻花，一連串的擁抱親吻，弄得她有些狼狽，但她不住笑著，這些熱情令她發自心底的愉悅溫暖。她笑著，直到再度落幕，直到一個高大的身影籠住她，一束鮮花送到面前，她必須抬起頭仰視那張面孔，她的心狂跳，雙眸灼灼燦燦，狠狠凝視那張陌生的面孔，友善的微笑……但，面孔是陌生的；微笑也只是友善，她眼眸中的光熱漸漸變為冷淡的禮貌，含笑點點頭，快步走下舞臺。不是他！她只看一眼就知道不是！

她在臺口被友人圍住，他們要與她合影，告訴她，韓芸也從東部趕來，正伴著行動不便的小雀坐在觀眾席。於是，不及思考地，她被擁簇著爬上層層觀眾席，席間燈光大亮，觀眾差不多盡皆散去。坐在高處的小雀興奮地揮動雙手呼喚樊素。樊素循聲抬頭，然後，驀地怔住，不能舉步。越過小雀與韓芸，她竟然看見，她看見了，在那觀眾席上孑然獨坐——她從不知道世上竟會有如此清澈明亮的眼眸，深幽、沉靜，像一泓潭，緩緩包容她，在其中恣意翻騰。這不只是二十幾年執著的等待；這是一種亙古別離後，乍然重逢的狂喜，卻又如隔千層雲、萬重山的遙遠。

有一刻，她出神地，只能看著那雙溫柔異常的眸子也定定凝視著她。然後，微蹙的眉峰疏散開來，然後，她看見他端正的嘴角，漸漸綻出一個細緻得不可思議的微笑……他看來完全不屬於這個空間，他獨立突出，與人不同……突然，她發現他與眾不同的地方，是頭頂，那光亮無髮的頭頂。他的衣著，一襲金黃色相間的寬大僧袍。他的雙手安放在膝頭，緊密地握著一份演出說明書，封面就是她——玉精神、花容貌的杜十娘！她有一刻的昏眩，彷彿已入他雙掌中，而他仍微笑著，對她專注地微笑，整個人成為透明的發光體。

樊素就這樣無法遁逃地，混亂虛空的站立。當他大徹大悟，大慈大悲地出現；她卻敷著庸脂俗粉，穿著炫麗戲服，將自己裝裹成俗不可耐的浮華意象。

終於相遇了，卻不在她最美麗、最自在的時刻……更悲哀的是，即使她再美麗、再自在，到如今，全是枉然呵、枉然。

韓芸轉頭看著那人起身離去，身材高大，眉目疏朗，恍恍然她幾乎不相信這人真是出家人。韓芸一直未曾察覺那人的存在，直到發現樊素那從未出現過的狂熱眸光，霎時湧起的頰畔緋紅，彷彿時空同住。韓芸一回頭，便見到那襲僧袍，她的心猛地緊縮，這就是歷劫的宿緣嗎？那人邁著步子，穩重而飄然，越過一排排猩紅的座椅，像在林間優游行走，那樣從容不迫。只把眾人喧騰嬉笑當風，於是，寬大的衣袂翩翩，毫不留戀地，一點一點地，隱身在黑暗之中。韓芸輕輕嘆息，不知怎地，突然想起夕陽下那一樹輕顫的木蓮花。

4

樊素的改變確是從那夜開始，對往昔無怨；對未來無求，她的大部分彷彿已經結束了。

她離開了萬象劇團，無法交代理由，霍天縱也沒有挽留，人世間的無常，他們早就了然於心。

那夜獻花的大男孩何葳，一個世家子弟，開始鍥而不捨的追求。從她初次登臺，他就看見她，年年守著她在臺上的光華，直到第四年，才鼓起勇氣上臺獻花。對這樣一個人，她還能要求什麼呢？

「但是，妳總是不快樂。」何葳盯著她的眼睛，那裡面空空洞洞的。

「你不是我，怎麼知道我不快樂？」樊素搭腔，懶洋洋地。

「妳也不是我，怎麼知道我不知道妳呢？」

「我們要玩莊子和魚的遊戲嗎？」樊素的語氣強硬，何葳便不說話，他們常在語言文字上反覆打轉，卻沒有一點幫助。

樊素給韓芸的信愈來愈短，她寫著：

「何葳不明白，快樂，絕不是爭論就可以得到的。我對他沒有期望與要求；他對我只有一點要求：快樂！」

「告訴我，我應該怎麼做？只要妳說了，我一定做到！」何葳反反覆覆將這樣的話問上好幾遍，直到樊素忍下心來逼他：

「你什麼時候帶我回家？」

這是他的弱點，任何時候都可以將興高采烈變為沮喪氣餒。交往一年半，他從不敢在家人面前引見這個蓬門弱女，舞臺上認識的女孩。在他的印象中，從沒有任何事，不是在家人的安排下進行的。

樊素唇畔浮起一朵溫柔的笑意，心底卻泛著殘忍的快感，她靠近他：

「還沒準備好嗎？」

他突然轉頭看她，雙眸晶亮清朗，嘴角上揚，恢復了自信的堅定，清清楚楚地問：

「妳，準備好了嗎？」

樊素一驚，慌忙地收回目光，這就是「自食惡果」。韓芸好幾次在信中提醒她，她絕非有意置之不理，只是，姥姥企盼得殷切，何葳的柔情又那樣誠摯……何葳握住她的手，使她面對著他。他眸中的晶亮原來是淚光，她的面容深印在他的淚光中，閃閃爍爍地：

「為了能和妳在一起，什麼樣的刁難險阻，我都不怕！我只要知道一件事……」他深吸一口氣，指向她的心臟，用最溫柔且帶輕顫的聲音問：

「我在那裡面嗎？」

一股惻然的心酸，令她動容。她不回答，只用雙手握住他的手指，憐惜地，貼向面頰。

接下來的半年，樊素與何葳共同努力去克服橫在面前的阻難，那份同甘共苦的患難之情，加深了他兩人的親密關係。在面臨各種挫折時，何葳的耐力與加倍的關愛，一次次軟化樊素。

直到何葳的母親，握著樊素的手，微笑地問：

「你們要先出國？還是先結婚？」

樊素轉頭，看見何葳狂喜的眼神，她悚然而驚——這是她要的嗎？她真的要嗎？

5

出國的手續辦得差不多齊全了，距離行期還有一個月，樊素獨自回到南部的故鄉，她決定好好陪伴外婆一段時間。

欣喜若狂的外婆為她準備了一屋子的嫁妝，一對鴛鴦繡枕，一副百子圖的被套，全是她老人家一針一線繡出來的。

「從妳滿十八歲那年，我就開始準備，只是，人老了，一年不如一年，繡得愈來愈慢，看都看不清楚了……」外婆呢呢喃喃地說，眼角洋溢著喜悅與幸福。

樊素撫著紅緞子上凸起的各色彩線，翻觔斗的、放爆竹的、踢毽子的、摘花戲雀的小娃娃，金碧輝煌的在陽光中浮動，像個燦亮的夢境，精緻，但不真實。

一天清晨，樊素經過一宿輾轉，剛剛進入夢鄉，就被外婆搖醒：

「素素！陪姥姥燒香去！」

「待會兒再去嘛……」

「好孩子！姥姥是要替妳求個平安香袋，不管走到哪兒，菩薩都會保佑妳……姥姥也……也可以放心了……」說著，老人家哽咽起來。

樊素連忙翻身下床，蓬著頭，白著臉，她說：

「好了！姥姥，我都聽您的。」

這是香火鼎盛的著名廟宇，興建的歷史不長，卻有許多位高僧及外國僧侶。廟門巍峨，庭園中有偌大的放生池，扶疏的花木，依山而建的廟宇占地相當寬廣。不知是晨霧或是焚香，一進廟門，眼前便飄浮著氤氳煙氣，隨著誦經聲的低迴，樊素心中升起肅穆之情，隱隱地還有一份久別重逢，悲喜交集的情緒，令她不能理解。

她伴著外婆在臺階前焚一炷香，然後，拾級而上，準備進入正殿，心誠意敬的邁著步子。突然，聽見有人喚她：「樊素。」

她略遲疑，繼續向前行，重聽的外婆是什麼都沒聽見。又一次高揚的呼喚響起：

「岳樊素！」

她一轉頭，在崢嶸的龍柱旁，看見霍天縱。

「聽說，妳要結婚了？」

外婆進了正殿，他們在殿外聊天，霍天縱清瘦一些，眼眸更顯得清亮有神。

「先出國，一年以後，再回來結婚。」

「兩年來，都沒見到妳，連公演的時候，也沒妳的消息，倒是……倒是乾乾淨淨！」霍天縱帶著笑意。

「其實，我一直牽掛你們！常常想到劇團的那段日子。」

「我瞭解，凡是需要用決絕的方式處理的，都是最深刻的。」

他們在一棵大樹旁坐下，夏天的陽光從第一道開始，就是炙熱的。

「一個人，從台北到這裡來，為什麼？」樊素問。

「看朋友。」霍天縱深深注視她：

「一個出家人。」

「哦？」樊素感覺細微的汗珠爭先恐後的沁出肌膚。

「他是我遠房的親戚，自小就有慧根，天生的佛門中人！大學畢業以後才出家，年紀輕輕就受到國內外佛學界的重視，可以說是一帆風順，平步青雲！可是，兩年前，不知道為了什麼，他要求閉關靜修，不與任何人見面，連他的師父，他都不見！」霍天縱自顧自的述說。

「不知道是為什麼嗎？」樊素焦躁地問。

「我現在已經知道了，卻情願自己不知道。」霍天縱蹙眉凝注著樊素，他痛苦的呻吟：

「我真不敢相信！」

「杜十娘」公演的那天夜晚，他記得自己進入化妝室，一眼看見已經化好妝的樊素，就直覺著不對。酡紅的雙頰，玉雕般的鼻梁，眼梢斜飛入鬢，嫵媚與風情幾乎要從眼底流洩而下了，但，總不像個青樓豔妓；尤其，當她不動不笑，端然獨坐時，簡直有些像蓮花座上的寶相莊嚴。渡人的觀音，渡人的十娘，一時間，連霍天縱也混淆起來。

假若一切都可以預料，就不會鼓勵他去，看那末場演出，三十年來，他原是從不動心的……霍天縱望著蒼白的樊素，不知是悲憫或慶幸，她永遠不會知道的，他以為。

「到底，為什麼？」

「聽說……」霍天縱穩下心情，像在敘說一個故事：

「為了一個女孩，只看了一次——真令人不敢相信！」

樊素眩然，猛地，身體中有什麼狠狠地被抽離了。她虛弱地仰起頭，頭頂上，一朵一朵白色的小花，開得滿樹，忽然全部脫落，兜頭傾下，她痛楚地驚叫一聲，感覺自己完全被掩埋住。

恍恍然地，她想起韓芸告訴過她，這種失了心的等待，開放滿樹的花，名叫木蓮。

6

樊素抬頭，看見白花花的陽光從葉縫瀉下，卻以為是一樹崩然傾落的木蓮，她昏厥過去。

他是三十年來從不動心，天生的佛門中人。

為了一個女孩，只見過一次，他要求閉關靜修，不見任何人，已經兩年了。

年紀輕輕就受到國內外佛學界的重視，可以說是一帆風順，平步青雲。卻為了一個只見一次的女孩，閉關兩年……

樊素開始生病，她不能進食，只不停地嘔吐、休克，醫生檢查不出任何病症。外婆守候在床畔，只能垂淚。樊素睜眼，看見惶急的何葳，出國的日子逼近了。

「怎麼會這樣呢？樊素！到底是為什麼？」

樊素連牽扯嘴角的氣力都沒有，只有她自己知道「為什麼」，這場病，該在兩年前來的。

外婆憑著七十幾年的經驗，挺起腰肢為樊素準備衣物。她慎重地取出那副被套和一對鴛枕，年少時，她為自己繡成一套嫁妝，中年時，為女兒準備一套嫁妝，及至暮年，為外孫女繡成的嫁妝，卻連用也用不上。她想怨卻不知去怨誰！又一次的白髮送黑髮，命運的軌跡深鐫在生命中，一個垂暮老人，又有什麼力量去轉圜呢？

「不會的，姥姥！」

瞭解了外婆的行為，何葳嚇得哭出聲來，他死命抱著被套和枕頭，哽咽地哀求：

「不會……不會的，姥姥！求您，不要……她會好的！」

「孩子！是素素……她沒有福分！」

外婆顫抖地拍撫縮在屋角的何葳，落淚紛紛。

樊素，她根本就不要好起來！

老人家看得明白，就像二十年前，樊素的母親，在丈夫意外死亡之後，也是這樣不能吃喝。一模一樣的情景；可怕的是，這一次，老人家連原因都不清楚。

樊素躺著，望著熠熠發亮的被套和枕頭。外婆再一次問：「這些，好不好？」

「好。」

她知道外婆在準備什麼，二十五年前，老人家殷殷切切地接她來到人世，如今，又周周密密地送她走……

她看著那對枕頭，一雙相隨的戲水鴛鴦，突然心動。為何讓這象徵幸福美滿的珍貴嫁妝，隨自己這薄福之人長埋地下呢？

「姥姥！」她費力地抓住枕角：

「這個，送給韓芸……好不好？」

韓芸，樊素輕喚她的名，應該讓她明瞭自己的執著並非一廂情願。那人身在佛門，整整兩年，默對一爐香，四堵牆，也是一樣的無怨無尤！要讓韓芸知道，她應該知道的。一定要讓她知道。

神奇地，樊素竟然好起來了。

只是，面對著樊素，何葳覺得陌生、冷淡，而又距離遙遠。並沒有失而復得的狂喜，只是小心翼翼的察言觀色：「媽媽說，妳身體不好，就留在這兒休養，等到完全康復了，再到美國來。好嗎？」

「我不想去了，只想好好陪姥姥。」

「為什麼？我們說好的……」

「對不起，何葳，你不會明白……」她垂下眼睫。

「我是不明白！」何葳瞪大眼睛，不能置信：

「當初費了那麼多心，為什麼一筆勾銷了？我不明白！那麼，妳告訴我啊！把理由告訴我，讓我明白！」

「何葳！」樊素仍不忍面對他的面紅耳赤，她盡量輕柔：

「你還年輕，可以重新開始……」

「我不要！」何葳跳起來咆哮，他顫抖地：

「這不是開玩笑，樊素！我不要重新開始。妳告訴我，是我不好？」她搖頭。

「是有了第三者？」

連第一者、第二者都弄不清，哪來的第三者呢？

「妳懷疑我的愛？妳不喜歡到國外去？害怕和我的家人處不好？還是……」他的聲音瘖啞，困難地：

「妳，不想和我在一起？」

「何葳，我們原來就相差懸殊的……你是個好人，樣樣都好，把我忘了！我根本不值得，假如我不能全心全意愛你，就只有離開你，否則，這種不真誠就是傷害！你是好人，我不要傷害你。我努力過……真的，我會永遠記得你，記得你……何葳！何葳！何葳……何葳……何……葳……」

何葳的臉埋在手掌中，弓著的背脊痛苦的起伏抽搐。樊素握著他的手臂，雜亂反覆的述說，直到淚水浸透他的衣袖，她呼喚他的名字，直到發不出一點聲音。

7

約好了在台東車站碰面，韓芸在下車的人群中搜尋，直到樊素已走到面前了，她才認出來，失聲地：

「樊素！怎麼變成這樣？」

大病初癒的樊素，有著空前的蒼白、瘦削，經過一路的折騰，嘴唇泛紫，她費力地微笑：

「我好想妳……」

「想我想成這樣？……妳沒事吧？」

颱風即將到來的夜晚，樊素幽幽地訴說，從頭到尾。然後，她嘆息地闔上眼：

「現在，沒事了。」

韓芸仍記得那人的寬大僧袍，行走時的飄然若風，這樣一個人，竟然將自己關在斗室，只為必須控制那無意被觸動了，便無法平復的心情，日夜承受波濤洶湧的折磨。這不僅是七百多個日子，簡直是七百多場刑罰啊！

「那……何葳呢？」

「他要走了！明天？後天？還是大後天吧？」

「為什麼，不試著跟他走？」

「不是每件事都可以試一試的……不管走到哪裡，結果都是一樣。」

「世上，竟會有這樣的事。」

韓芸想，她假若沒有親眼目睹，是絕不可能相信的。

颱風夾帶著暴雨，韓芸守候在樊素身旁，餵她吃稀飯，然後服下退燒藥。俯在她身邊，對她說：

「好好休養，妳一定、一定要好起來！」

「妳出嫁的時候，我要……當伴娘。」

樊素微笑地說，她在風雨聲中入睡。

狂風暴雨中的訪客，驚動了韓家所有的人，韓芸盯著這高大、陌生的男孩，未經滄桑的面容上有一雙憂傷的眼睛，被風雨吹亂淋濕的短髮貼在額上，他張開口，正要說話，韓芸已忍不住地脫口而出：

「你是何葳？」

何葳原本應該搭乘今天的飛機赴美，因為颱風，延遲一日，於是，他向外婆打聽到韓芸的住處，千里迢迢冒著風雨趕來。不知是緊張或寒冷，使他輕微地抖瑟。

「我只想再見她一面！」他說。

看他狼狽的模樣，韓芸相信，這一趟跋涉，他必是吃盡苦頭。如果她不是瞭解樊素，必然會不能諒解；即便是瞭解樊素，也未免感到惋惜。

「妳是她最好的朋友，能夠告訴我原因嗎？我總不能輸得不明不白，是不是？」

何葳捧著一杯熱茶，懇切地請求。韓芸想，告訴他吧！無論他是否相信，告訴他，總是比較公平的。

韓芸敘說，從木蓮花開始，到竹林中煙雲縹緲的夢境，到公演之夜燈火輝煌中隔世的重逢，然後是七百多個日夜獨對寒壁的情憎……

「你能明白嗎？」韓芸問。

何葳扭曲著嘴角，發出嚎叫一樣的笑聲，笑得涕泗橫流。笑聲瘖啞，終於只剩下喘息：

「我當然明白！第一次看到她的時候，我也認為經過了幾世盼望，而且，我等她……等了六年！」

他抬起被淚水濡濕的臉，因悲愴而變形的面孔，盯著充滿痛惜驚愕的韓芸，哽聲地：

「妳能明白嗎？」

韓芸本來以為自己完全明白的，此刻卻又昏亂起來。兩年的閉關不出；六年的漫長等待，樊素究竟是幸？還是不幸？

樊素退了燒，睡得舒適一些，或許是藥劑中的鎮靜作用發揮了功用，韓芸伴著何葳站在床畔，長久的凝望，樊素仍是渾然未覺。

何葳屏息看著樊素，她蓋著薄毯，安詳地舒眉睡著，像個孩子，彷彿生命中從沒有什麼不幸發生，她的嘴角，甚至隱隱上揚著，牽動一個愉快的秘密。何葳心中酸楚感動，禁不住跪在她的床畔，他鮮黃色的擋風夾克，發出一陣窸窣的響聲。

樊素恍惚中睜開眼，看見枕畔向她俯視的人，她心中一驚，然後，化為溫柔的喜悅，明知是夢，能來入夢也就求之不得了。仍是兩年前相同的模樣，金黃色相間的僧袍，疏朗的眉目，無須言語便能了然的微笑……然後，她聽見一個遙遠的聲音，或者，是發自他心底的聲音。因他始終沒有開口，只用那足以令人心碎的眼神，溫柔地凝視她。

「是我修得不夠，今生只得相遇，不能相守……求來生吧！只有，求來生了！」

樊素微笑地望著他，聽見這樣的話，竟也不覺悲傷憾恨。還有來生呵，當來生再相逢，他們仍能在芸芸眾生中，一眼便看見對方的滿身光華。

（選自一九八五年《海水正藍》）

今年木棉不開花

我終於知道為什麼，今年木棉不開花？
今年木棉不開花，因為我們失去了一個好朋友。

颱風要來不來，斜風細雨。

我不知道現在是什麼時候，也不知道自己在哪裡，只是沒命的在道路上奔馳。風雨和寒冷灌進衣領，使我不住地抖瑟。

「你到哪裡去？」封愷曾經扯住我，被我甩脫了。

「伍冬青！」徐昭民這個不速之客，在我們為封愷餞行的時刻到來，他的臉色那樣難看，站在窗邊：

「我一定要告訴你，你們是哥兒們，你應該知道……」

「你為什麼不救他？」我撲過去，狠命揪住他的衣領。他是我們的學長，怎麼可以看著這種事情發生？

體內的酒精迅速地焚燒，我張開嘴，用力喘息。

楞在一旁的小黑突然啜泣起來，在沉靜的空間裡，那樣刺耳。一陣陣席捲房裡的一切。

「不要哭！」我咆哮著：「不准哭！」

費力地讓自己站穩，我不能把眼前的景物看得很清楚，卻不斷明晰的聽見一些碎裂的聲音，細細地往耳裡鑽。咬住牙，我掙扎地與虛脫的感覺對抗。

「我不相信。」我說。

對徐昭民說。對封愷說。對小黑說。

對自己說。

說，我不相信。

為了閃避一輛迎面而來的公車，我的機車偏向安全島，並且猛煞。衝擊的力量，差點把我拋向天空。

穩住身子，紊亂的腦子開始緩緩轉動。

雨，幾乎沒有了。風，也靜止。

還有公車在行走，那就表示，今天還沒有過去。但，時間有什麼意義呢？我不能從床上爬起，將噩夢踢給棉被，而在刷牙時把它完全忘記，精力充沛的去迎接另一個清晨，並且唱：又是嶄新的一天……

又是嶄新的一天……怎麼會呢？蕭必倫。

他總是在睡眼惺忪的人面前，扯開嗓門：又是嶄新的一天！

他怎麼會呢？蕭必倫！哥兒們。

遠處，橋上的一排水銀燈閃爍著。怎麼會到這裡？覺得迷糊，卻不意外。發動車子，把速度放慢了，一點一點向那道橋接近。

不過是三天前的事，就在那橋上，新蕾在後座，突然提起阿倫，仍是近來慣常的冷淡語調。橋上風大，把她的聲音吹得飄移不定：

「下禮拜去看看阿倫吧。」

我在前頭，驚奇又歡喜，一時之間不知道說什麼。

「他生日。」

有一些暖暖的東西往眼裡漫，新薔總不會忘了這個。

她總是不忘。新薔，另一個哥兒們。

只要他們見了面，一切都會好的。我一直這麼相信，哥兒們，有什麼過不去的？

可是，可是現在，現在……我在巷子口熄了火，推著車向前。

新薔有權知道，她也是哥兒們。

她比我們都強的。阿倫說過。記不得是在什麼時候，他說得挺含糊，但，因為有同感，所以，連他的語調我都還記得。

新薔好強，是裡子面子都要爭的。尤其是在活動中心掌劈余啟華那一次，真稱得上是「轟動武林，驚動萬教」。

余啟華那小子氣焰高漲，是公認「欠扁」的，誰都沒想到會栽在新薔手上。混熟以後，我偷偷瞧過她的手，怎麼瞧也不像替天行道的。

「你知道什麼？」她每提到那事總是笑：「我是斷掌！可以打死人的。」

阿倫也在一旁笑，笑意從眼梢流洩：

「俠女！」他朝新薔作揖：「我們都怕妳。好不好？」

有時候我想，她要生在古代，一定是個俠女，而且，是像徐楓那樣的。談不上美麗，卻是空靈。眉呀，眼呀，盡是傲氣。不折不屈的。

當天，三個班級因為天雨，在活動中心上完體育，剛吹哨解散，就看見她筆直地朝我們這群男生走過來。剛開始，有人吹口哨，或笑或叫。可是，等她更靠近的時候，便出奇的安靜了。

她的長髮結成辮子，斜搭胸前。額上有些疏短的劉海，使那張冰冷英銳的面孔，看起來稚氣一些。

人群中自動為她讓出一條路，好像早經過排練一樣。

她站在余啟華面前時，余啟華正在點菸。可是，只捏著火柴，忘了去吸。然後，點火的手也有些不聽使喚。

在猝不及防的情況下，余啟華挨了一記耳光，又脆又響。四周揚起一陣驚歎，可能也包括我的聲音。但，當時無暇去辨認，只覺得惋惜。這樣一個女孩，竟栽在余啟華手裡。八成又是因愛生恨，文藝小說或電影裡常見的情節。

「我警告過你的！」她的音量不大，卻剛好讓在場的人都聽見：「把你的狗嘴放乾淨點。追不上林瑷瑷，是你不配！她愛跟誰好，是她的事。什麼叫同性戀？你他媽懂個屁！如果再讓我聽見她的名字，或是我的名字，從你髒嘴裡吐出來。我就讓你一個字、一個字吞進去……」

有幾個女孩來拉她，說一些連哄帶唬的話。余啟華靠著牆，完全傻了，根本沒法子反應。

而旁觀的人，大略可以摸著一點頭緒了。

新薔已經走開了，卻突然回頭，嘴角竟揚著一抹笑：

「試試看。」

看著這不可思議的景象，心中頓時湧起好多情緒。對余啟華，是鄙夷而兼同情的；對那位被擁簇而去的奇女子，是讚佩的。有一股激越的衝動，想鼓掌喝采！

她做的是我一輩子都渴望，而不敢去做的事。

阿倫走過來，用肘子頂我：

「真精采！」他說，壞壞地笑。

小黑也靠過來，擠眉弄眼地：「她是我們社裡的！」

一時之間，幾條大漢都往社裡衝，手忙腳亂地翻檔案。我不知道他們為什麼興奮，但，我也很興奮。

資料卡上，大剌剌地寫著：

姓名：顧新薔

年齡：十九

系級：社二

興趣：無

專長：無

底下還有好幾欄，是空白的。相片是從車票上扯下來的，半張臉像刺了青，倒是有些令人望之生畏的。

「社二的？」阿倫把卡片拿在手中，仔細端詳：「繳社費了沒有？」

他是副社長，這話問了等於白問。

幾天以後，他在校園裡攔住新薔。

那時正是起風季節，新薔的長髮披散，亂七八糟的飛舞。她微偏頭，瞇起眼看我們，沒有表情。

「我是野外社副社長，蕭必倫。」

阿倫說完，用手臂碰了我一下，我忙擠出一個笑容：

「伍冬青。」

她並不笑，稍微調整一下姿勢，把掛在手臂上的紅外套抱在胸前。

「我們……」阿倫和我對望一眼，他很少有說話不順暢的時候：「我們、我們希望妳能參加社裡的活動。妳一定會喜歡的。」

我在一旁點頭，算是對他的支持。

風。

「我沒繳社費。」新薔說。

「妳可以補繳。」阿倫立即回話。

新薔把遮在眼前的髮絲撥開，仔仔細細打量我們，然後，輕聲問：

「幹嘛找我？」

「身體健康的人，應該多參加一些活動。」阿倫說，卻不是平時嘻皮笑臉的作風。

後來，新薔供稱那是她最孤獨無依的日子，一般人對她的態度是敬鬼神而遠之。幾乎沒有人用正常的神情語調與她交談。

「就糊里糊塗上了你們的賊船啦！」

弄不清我們是怎麼變成三人行的，但，那段時光真好。除了上課，便湊在一起，計畫一個又一個活動。一塊兒吃飯、一塊兒看電影、一塊兒上K館、穿同一個牌子的牛仔褲。

那年冬天，我們三人在鏡前剪了同樣的髮式。在那時候，女孩削成這樣的短髮，還是十分罕見，引人側目的。但是，我必須承認，直到她改變形象，才見識出她的風情。直到她與我們裝扮相同，才那樣強烈地感受到她的女性。

耶誕夜，我們陪她到台中東海的教堂望彌撒。聖歌悠揚，鐘聲嘹亮。我在祈禱中偷偷睜眼，斜睨虔誠闔眼的新薔，看到的卻是阿倫促狹的眼眸。

出了教堂，漫無目的只是閒逛。新薔有一條好長的白圍巾，說是高中和人比賽織的。氣溫更低的時候，她用圍巾把我們都圈在一起，這才發現她竟是纖細嬌小的，或許是我的瘦高與阿倫的壯碩……反正，她那夜一點也不英氣風發。

我們比她高，道旁聳立的樹更高，排列整齊，隨風搖擺，在黑夜裡。腳下落葉沙沙作響，這條路好像總走不完。走著，新薔突然攀住我和阿倫的脖子，蹺起腿，讓身子騰空，開心得又叫又笑。我們就不停地鬧著、跑著，彷彿永遠也不累。從口中噴出的濛濛白霧，使每個人的面孔都模糊。

以為她是上帝的信徒，卻在第二年的五月，陪她連夜坐車到北港，為的是觀看媽祖回娘家。

新薔對阿倫朝秦暮楚的戀愛，一向嗤之以鼻。逮著機會，阿倫自然不肯放過：

「妳對神明也敢三心二意的？」

「神不是人，度量大得很。」

據新薔的論調，上帝與媽祖，一男一女，一中一西，平時多存敬意，必要時總有一邊會伸出援手。

真是這樣嗎？

我們也去望了彌撒；我們也曾拈香膜拜，結果，誰伸出了援手？

轉角處有一家雜貨舖，我推著車往前走。需要買包菸，那白色的煙霧可以使我鎮定一些，我得去告訴新蕾，告訴她，我們不必去看阿倫了……不必去。

在我即將到達時，雜貨店的鐵門重重拉下。

哐啷！把溫暖、光亮和希望摒絕。

我站著，再一次無法自制的顫慄。阿倫也是這樣嗎？上帝和媽祖，同時關上門……我最好的朋友，在寂寂深夜中醒來，一室的人都熟睡。他穿戴整齊了，握著槍，孤獨的站立，然後，然後……

然後，徐昭民把手搭在我的肩上：

「伍冬青！你不是孩子了，要禁得起……」

禁得起，新蕾，我們要禁得起。

我卻忘了問，那時，天亮了沒？阿倫最愛看日出的，我知道，新蕾也知道，我們曾一同等待破曉。一同大聲合唱：又是嶄新的一天……那時，太陽出來了沒？料是沒有。日出時分，阿倫總是溫柔的。他便不會，不會。

去天祥的那一次，趕在日出之前，我們在一只小電筒的引導下，找到新蕾的窗。站在木窗下，抬著頭輕輕叫喚：新蕾！顧新蕾！

激越的情緒，壓抑的音量。我們不想吵醒別的女孩，在這幢建築物中，在這片山水裡；在這紛雜人世間，我們只用全心專注呼喚她的名。

阿倫的眼睛閃閃晶亮，他望向鴨蛋白的天空，熄了電筒。對著布簾深垂的長窗，我們再度叫喚，一邊慢慢離去。心中是準備放棄了，嘴上仍有一搭沒一搭地：

新薔……新薔……

窗戶突然開了，驚起一群憩在屋頂的白鴿。

新薔在窗內，一手掀著窗簾，一手握著已蓄長的髮，像個剪影，立在晨光中。

那是三年級的暑假。

我們跑回窗下，阿倫指向天空：

「日出。」

新薔的笑顏逐走初醒的懵然，她伸出三個手指，迅速地關上窗。

我不相信在三分鐘之內，一個女孩可以裝扮完畢。可是，兩分鐘又五十秒，新薔出現在小徑的那端，歡喜地奔來。我和阿倫不約而同伸出手臂，不知道阿倫是怎麼想，但，我是真的想擁她入懷。

那張乾淨清爽的面孔，我只想單純的一個擁抱。

她跑過來，繞過我們向前跑，紮起的小馬尾輕巧的跳躍。

我追著她問：

「妳怎麼這麼快？怎麼可能？」

阿倫跟上來時，她不再跑，看著我笑，好一副得意神氣。

「我知道……」阿倫摸摸鼻子，鄭重其事的指著新薔：「妳沒刷牙！」

新薔睨著阿倫：

「你刷了？你刷了？」

「他刷了。」阿倫指向我。

「誰說的！我才沒刷！」

新薔突然爆笑起來，我們三個人笑成一團。只有年少，才會有這樣荒唐的爭辯；這樣徹底的歡樂。

太陽升起的時候，我們都安靜下來。只聽見谷底澗水潺潺，林間鳥鳴蟲唱。

阿倫轉頭看新薔，看我。

「讓我們一直這樣，到永遠。好不好？」

他的聲音、神情，都是很不一樣的。我被深深撼動，那話罩頭而下，是一種恒久的誓願。我早在心中許過千百回，卻不敢開口。

唯有他會說這話，而我只能點頭。往往，衷心的意願，竟變為附和。

我們都望向新薔，她坐在苔青的石階上，伸展手臂，懶洋洋地：「永遠怎樣？」狡黠的黑眸帶著笑：「不刷牙？」

阿倫發出一聲笑，捻熄菸頭，將菸蒂彈向天空。

我覺得一絲受挫的沮喪，不明白他怎能發笑？如今想來，那更像呻吟。

新薔是聰明的，她早知道，這樣的盟誓，不過是一場水月鏡花。

她早知道的吧？

是不是也知道會有這一天，我在她家樓下徘徊，思索著如何把這消息告訴她？不會的。她若知道，就不會與我相約，到台東去看阿倫。她若知道，也會和我一樣，盼望時光凝結。停在東海的耶誕夜；停在媽祖的娘家；停在天祥的黎明時分……或者，停在木棉花盛開的雨季。

她家斜對面的小公園，有一排木棉樹，是她最愛的風景。

「木棉花掉在地上，咚一聲，會響的。如果砸在頭上，會疼的。」

我說不信，再大的花，還是會落，落花能把人打疼了，未免太誇張。

阿倫制止我們無止盡的爭辯，他提出一個方法，可以解決：

「我在院子裡種一大排木棉，等它長大，開花的時候，請你們來。我們天天守著，聽它掉落地上響不響？讓小伍站在樹下，看看花砸在頭上疼不疼？」

「你說的，說話算話。」新薔對他的提議很滿意，他們勾了手指，蓋了章。

我知道阿倫做得到的，他可以把木棉種在陽明山別墅，他遲早會是那兒的主人。

可是，那時候怎麼沒想到，種一排樹得要幾年工夫？五年、六年？十年、八年？而我們也許並沒有那樣長的時間，可以恣情放縱。

如果想到，該讓時間靜止。就像電影常在最美的剎那停格，劇終。以後的一切，都不再發生了。

靠著木棉長滿硬結的樹幹，雨絲一陣陣灑在臉上，涼意沁心。

五個月前，準備畢業的日子，在校園裡遇見新蕾，她的頭髮又可以編辮子了。我們停下來說話的地方，竟是第一次攔住她的地方。

她的神情，竟然也如當初。只是戒備換作疲倦與淡漠，而我有加倍的傷痛。

「我們真的不能像以前一樣？」

「小伍！」她把喝完的鮮奶盒子壓扁，眼光不經意地瞄過我，落在別的地方：「你知道，追不回來的。」

告別時候，她走近我：

「記得木棉嗎？……它們今年都沒有開花，一朵都沒有。我不明白，為什麼會這樣？」

木棉不開花，竟令她忍不住的憂慮。木棉不開花，難道、難道是有玄機的？難道已經有了徵兆？

而我當時不明瞭，猶苦苦催逼阿倫。這樣想來，我竟是把他推上那條路的人嗎？

蜷縮在石椅上，不知疼痛來自何處，只是忍不住呻吟……這一切，是從什麼時候開始的？

林璦璦！從她翩然出現，或者該說是，從她的名字出現在我們之間，裂縫便逐日腐蝕，終於成為鴻溝。

第一次，聽見阿倫和新蕾爭執，為的就是林璦璦。我到的時候，他倆的語氣已經很不好了。大約是林璦璦挽著一個男生，迎面而來，卻假裝沒看見新蕾。

我不明白，這與阿倫有什麼相干？她們早在活動中心那件事以後，就拆夥了。

「我只是希望妳能面對現實，又不是破壞妳們的感情！」阿倫看見我過來，語氣和緩很多。

「你根本不瞭解我和璦璦！」新蕾的聲音尖銳高揚。

「我現在瞭解了。」於是，阿倫的火氣壓不住了：「反正妳天生欠她的，妳活該！我倒楣！行了吧？」

「好了，幹嘛呀？你們不吃飯啦？我肚子餓了。」在這種時候，只好扮演插科打諢的角色。憑直覺，我知道，阿倫觸到了新蕾的痛處，而他顯然是收不住腳。

「我活該，干你屁事？」新蕾俐落的反擊。

「喂！」我鑽進他們中間：「吃完飯再說嘛！」

「餓死鬼投胎啊！你！」阿倫一把將我掄開，他的拗脾氣又發作了，瞪著新蕾，清楚地從喉中吐出：

「我只是要告訴妳，人家並沒把妳當朋友。妳大可不必自欺欺人！」

新蕾緩緩站起來，抿緊嘴唇，拎起她的背包，甩頭而去。

「好了吧！」我坐下，覺得前功盡棄：「你滿意了？何必呢？一定要證明你比人家都聰明……」

「你煩不煩？」阿倫把講義夾重重摔在桌上：「我是為她好！要拍馬屁，你去拍呀！」

「砰」地一聲，他踢開一張椅子，大踏步地走出去。

留下的，是冤大頭一樣的我，是個哭笑不得的傻瓜。

過不了多久，我們三個人又恢復正常了。至少，表面看來是如此，至於其他，也無暇細細檢省。一方面是到了四年級，有些人心惶惶；另一方面，是三人行變成了四人行。林璦璦是憑空多出來的，一個美麗女生。

對人一向沒有防範，是我的優點，可能，也是缺點。尤其，是璦璦這樣的一個女孩，總是帶著微笑；總是能想到別人忽略的事；總是在人群中閃閃發亮。

原以為，阿倫面對璦璦，多多少少有些尷尬的。結果，全不是那麼回事。當新蕾把璦璦帶來，對璦璦說：

「小伍，阿倫。我的哥兒們。」

阿倫竭誠熱烈的歡迎璦璦，並且言行一致：

「我哥兒們的好朋友，義不容辭！」

他灼灼的眸子盯著新薔看，新薔靜靜望著他，臉上朦朧地掛著難以捉摸的微笑。

瑷瑷舉手投足，無一處不美。我單獨和她吃過一次飯，看過兩次電影，一次比一次明顯的覺得，將有什麼事會發生。為她沉溺，好像也是值得的。

瑷瑷與新薔極不同，她就是個女孩，無一刻像兄弟。

然後，封愷在忍無可忍的情況下，找我懇談。為了準備研究所考試，我和封愷、小黑漸漸熟識。

「我搞不懂你。伍冬青！」封愷在圖書館的臺階上停住：「你看起來滿正常，怎麼老是做些怪異的事。就，就從你跟蕭必倫說起，又不同班、又不同系，天天膩在一起，連個女朋友都不交……」

我說，阿倫是在補習班相識的難友，他相當講義氣的。

「那，那個顧新薔呢？她是有名的問題人物，你們搞了個三人行，別人怎麼想？」

新薔是哥兒們，不像人家想的。我說。

「現在呢？又跑出來個林瑷瑷……」

提起瑷瑷，不由得我神經緊張：

「林瑷瑷怎麼樣？」

「她奇怪，你們更怪！她一會兒跟你親親熱熱；一會兒跟蕭必倫甜甜蜜蜜！人家難以取捨，你們就任君選擇呀？拜託好不好？拿出個男子漢的樣子，你跟蕭必倫再好，也不能交一個女朋友，娶一個老婆……」

我當然仔細盤問，封愷也把某人看到、某人聽到的情況一樁樁、一件件交代清楚。

那夜，我第一次鬧失眠。林瑷瑷是我擱在心裡的第一個女孩，誰知道……奇怪的是，我和阿倫欣賞的典型一向不同。偏偏這一次，多荒謬呀！然而，早就該想到，他說過「義不容辭」的。

可是，難道我就該默默退讓嗎？因為對手是阿倫，就得不戰而敗？況且，他這回可能也只是一時興起，他根本是沒有常性的。但，若這一回，他是認真的呢？

更重要的是，我真的要瑷瑷嗎？我不是一時興起嗎？

我喜歡她。我愛她嗎？

這些矛盾的情緒並沒有糾纏太久，因為瑷瑷很快就有了選擇。

四個人在一起的時候，只聽見阿倫和瑷瑷的調笑。常常，我把眼光轉向窗外，看深秋的天空下，人們來往行走，身上的顏色一層層加深。多想推開桌子，大步走出去。

我不明白，同樣被冷落一旁的新蕾，怎麼還能微笑？

坪林露營那回，大夥圍著營火唱歌，都喝了點酒，顯得很亢奮。愈晚愈涼愈鬧嚷，輪到阿倫唱歌，他早把璦璦擁在懷中，兩個人看來像一個人。

「唱歌！唱歌！唱什麼歌？」阿倫晃動著，像有些醉了。

璦璦附在他耳畔嘀咕一陣，然後掩嘴笑。

「好！」阿倫舉起手臂：「這首歌為新蕾唱的！」

一片鼓掌叫好聲中，阿倫唱那首常在早晨唱的歌，璦璦用手勢配合：

「又是嶄新的一天！……又是嶄、新、的一天……」

璦璦做出個斬殺的動作，笑倒在阿倫懷中。所有的人都在會意以後大笑，阿倫笑得尤其張狂。

這種玩笑是慣常的，但出自阿倫與璦璦，竟令我不寒而慄。

悄悄望向坐在陰影中的新蕾，她的臉色那樣難看，彷彿被人偷襲了，打得又狠又毒。

而阿倫與璦璦笑得前俯後仰，他們的影像在我眼前扭曲。我閉上眼，也無法逃開。

那夜，也和今夜一般淒淒冷冷。那夜，我的孤獨正如此刻。

那夜，阿倫與我們距離遙遠；我和新蕾則是咫尺天涯。今夕何夕，我在相同的風中抖瑟。

葉片靜悄悄地落在腳邊，我拾起來，是木棉葉，是今年不開花的那株。已經是深秋了。該落葉的時候，葉落了。該開花的時候，為什麼不開呢？自然規律中，仍有不可解的奧秘。比方說：一個年輕美好的生命，為何會在一夜之間消殞？

誰來向我解說，這樣的挫傷？

「蕭必倫一到我們連上，感覺就不對。完全不是學校裡的樣子。整天也不說一句話，問他好幾次……不肯說。」

他竟是無話可說的，一個曾經那麼熱烈的人。徐昭民說，他不說一句話。什麼時候變成這樣的？我不知道。我不是他最好的朋友嗎？

坪林那夜以後，好似勞燕分飛。新蕾從寒假找著事，就開始過職業婦女的生活，偶爾到學校應個卯。見了面仍招呼，就是客氣，而不是親：

「好久沒見啦！好嗎？我還有事，先走了。」

總是忙忙碌碌；總是乾淨俐落；我總是無可奈何的對她的背影說「拜」！

離畢業愈近，往圖書館跑得愈勤。預官沒能考上，考研究所得全力以赴。像封愷說的，「失之東隅，收之桑榆」。

「別再搞那些飛機了。」這是他給我的忠告。

新薔又主動找我，確是平淡生活中的驚喜。為的是瑷瑷和阿倫。如外界所料，他們分手了，是阿倫提出的，大概有一半的人失算。

「好久沒見阿倫了。」我說。意態闌珊的，大有置身事外之態。

新薔訴說瑷瑷傷悲的情形，我發現自己竟然無動於衷：「她不甘心吧？被阿倫甩了。」

「她是認真的，妳沒看見她哭得多傷心。小伍！我們要幫忙。阿倫因為家裡的事，心情比較不好，並不是認真的要分。」新薔努力要說服我，我卻訝異的發現她的頭腦並不真的條理明晰。

她難道不知道自己在替誰說話？已經歷那麼多事，她還有掌劈余啟華的壯志豪情？

「我如果是妳，我不會管這件事。」

「我知道。可是……換了阿倫求你呢？你管不管？」

我終於管了，出面約阿倫到我那裡喝兩杯。小黑和封愷知道了，又是一陣嘀咕。

「最後一次了！有什麼辦法？我也不願意呀！」嘴裡說得不甘不願，心中卻充脹著許久不曾有的喜悅。在潛意識中，我始終沒有放棄過希望吧？

我們並不知道，阿倫家的經濟危機到了那麼嚴重的地步，猶聲聲指責他的委靡頹喪。

新薔叫他對璦璦負責任，要像個男人。

「我對她做了什麼，我自己心裡清楚，用不著妳操心。至於她是什麼樣的女人，也只有我知道。她不會吃虧的！」阿倫說的話，的確令人反感。

「你怎麼可以說這種話？」新薔豎起眉，仍費力地壓抑怒氣，與兩年前的氣概，真是很不一樣了。

阿倫靠近她，譏誚的笑著：

「怎麼樣？是不是打算給我兩巴掌，教訓一頓？妳不是喜歡打抱不平的嗎？」

新薔果然咬牙跨一步上前，我用更快的速度攔在他們之間，用力推開阿倫：

「你不要逼人太甚！」

阿倫沒有提防，倒退幾步，撞上桌角。他站直，正好看見我護著新薔。他的眼光陰鬱，嘴角抽搐著，那是我從未見過的神情：

「誰逼人太甚？是你們還是我？是誰把林璦璦帶來的？是誰在一邊看所有的事發生？」他盯著新薔：「這是妳所希望的。我們心裡有數……」

新薔的面孔在瞬間變得雪白，只剩兩隻眼睛分外幽黑，跳躍著一些燃燒的東西。

我看著阿倫，再看新薔，覺得非常紊亂：

「阿倫！」我奮力的掙脫某種情緒：「新薔是好心幫忙，你不要——」

「哈哈！」阿倫誇張的仰首嚎笑：「太荒唐了！她憑什麼管？她到底是什麼立場？你問過她沒有？顧新薔！妳是什麼立場嘛！妳。」

新薔摀住嘴，低頭找她的背包，頭髮垂下來，遮住整個面頰。抬起頭時，我看見汨汨的淚水。她無聲的哭泣懾住我們，只能呆呆的看著她奪門而出。

她開門時，阿倫想拉她，撲了個空。我用盡力量拖住他。

「新薔！不要走！」他放聲大叫：「妳說怎麼樣，我都聽妳的，我全聽妳的——」

我猛地把他摔進沙發，自己也不理解的憤怒：

「你夠了沒有？你放了她、饒了她！你還要怎麼樣才滿意？……你應該一開始就知道的。」

最後一句話，帶著悲傷的哽咽。

一開始，就該明瞭的。阿倫抱著頭，搖搖擺擺地離開。他真的又和璦璦在一起了，一塊兒吃飯；一塊兒在校園晃蕩。只是，兩個人的眼光時常望向不同的方位。

在新薔捏扁牛奶盒，告訴我「追不回來的」以後，五月的氣溫乍然升高。許多事在陽光中爆出來！

首先，出人意外的，封愷高分落榜，而我和小黑一前一後上了研究所錄取榜單。恭賀海報一張一張飄揚起來，在風中嘩啦啦地響。

更令人驚駭的，林瑷瑷訂婚了。對象是個開轎車的傢伙。每個認識她的人，都拿到一盒相當精緻的喜糖。那盒糖輾轉到我手中，我連忙遞給小黑，碰都不願碰。

然後，在車站，遇到了阿倫。他的眼角瘀青，髮鬍不整，叼著半支菸。如果不是親眼看見，我不會相信：那樣神采飛揚的一個人，竟然落魄至此。

「我爸的事業全完了，所有的東西都變賣光了。一夜之間……全沒了！」他咬著菸，抬眼望天。

「那你……還跟人打架？」我問得怯怯地。許久沒在一起，不知道該用何種方式表達關心。

「我沒跟人打架。是來討債的……他們打我！打我爸！我爸年紀那麼大了，他們還踢他！揍他！我……我護下了他！我一點用、一點用也沒有……」

在炙熱的空氣裡，他抱緊雙臂，不住地顫抖。

「阿倫！」我誠摯地望著他：「我能幫什麼忙？你說。好不好？」

「我的天塌了！」他把菸踩爛了，轉頭看我：「你能幫什麼忙？我不知道。」

一個星期以後，阿倫的父親去世了。連個追悼儀式都沒有，我陪著他從廟裡捧回骨灰盒子。

再三叮嚀他，一定要回學校考完畢業考；一定要節哀；一定要振作……

不知他聽見沒有？他只是怔怔的發獃，連菸都不抽。

畢業典禮真是個紊亂的場面。

我穿著神父似的黑長袍，滿頭大汗在人群中穿梭尋找。拎著相機，我沒找著新蕾，或是阿倫。卻在一個角落裡，看見林璦璦。

她燙起頭髮，化了妝，燦爛甜蜜地微笑，挽著未婚夫照相。左一張、右一張，像隻美麗的黑蝴蝶。

我轉身走開，虛弱的垂下手臂，心中無比空洞。

六月的太陽好毒。

我的大學生活就這樣結束了。

而在我歡送封愷入伍的夜晚，他們說：「十月了，怎麼還有颱風？」

我說，天有不測風雲嘛！

徐昭民來了，他說，人有旦夕禍福。

「伍冬青！你不要太悲傷！蕭必倫出事了，就在三天以前……」

出事了！新蕾！真的出事了。

今年的木棉不開花，為的原來是傷悼一個破滅的承諾。

我闔上眼，瘦澀腫脹的感覺侵蝕神經。

在火車站送阿倫入伍時，他用力抓住我的手臂：

「一切都看你的了！就看你了！」

他的胳臂上佩著重孝，頭髮鬍鬚都沒修剪，美好的風采早消逝無存。站在我面前的是個匍匐顛躓，人生道路上的逃犯。

我們曾經相約，以進入研究所為近程目標，結果，他差點畢不了業。

胸中情緒波濤洶湧，我把手覆在他手背上，我們緊緊交握。突然發現，已經有那麼多事；那麼多遺憾，但，我們的感情仍如當初。甚至，更為堅定不移。

最後一次握他的手，那手的溫熱猶存在掌中。而他，是用那隻握別的手去結束自己的嗎？

睜開眼，我看見自己顫動不已的右手。天色漸漸光亮，掌紋幾乎細細可數。

我用左手去抓那不聽使喚的右手，彎下腰，把它壓住。於是，顫抖傳遍全身。

在火車站，他並沒說，卻四面張望。我給新蕾打過電話的。

「我要上班。」在電話中，她的聲音陌生而遙遠：「再看看吧！」

工作忙碌的新蕾，愈來愈有女強人的輪廓。

而當阿倫的眼光凝滯，我知道，她究竟來了。

「新蕾！顧新蕾！在這裡！」我揮手大叫。

新蕾穿過層層人群，走到我們面前。阿倫換了個姿勢，盯著她，切切凝視。他們彼此對望，許久，都沒有說話。

火車大概準備起動了，四周人聲喧沸，被擠了一下，我脫口而出：

「車快開了！」

阿倫把眼光轉向我，再投到新蕾臉上：

「謝謝你們來送我。」

「阿倫！」新蕾四面看了看，低下頭：

「我很抱歉。」

「我也是。」阿倫點點頭，擠出一個類似微笑的表情：「我也是……」

哨音響起，場面更加混亂，告別聲此起彼落。

「我們的木棉花，沒有地方種了。」阿倫對我們說。

這曾是個多麼鮮明的承諾，種一排木棉花，維繫不變的情緣。這樣的盟誓，卻沒有生根的地方。

說這話時，他的鼻頭微紅，清癯的面頰上，筋脈跳動。

阿倫一直不肯與我聯絡，無論我是如何費心的打探他的通訊信箱。

還是徐昭民輾轉傳出消息，才知道阿倫分發在台東。我告訴新蕾，要她寫信去。阿倫走後，我們又走得近些，只是沒那麼多話說。

「寫信不如去看他。再說吧！」新蕾如此回答。

我想，即使能再有東海那樣的夜晚；即使再有那樣長的白圍巾，也不能把三個人圈在一起了。
然而，已經冷卻的希望，在新蕾主動提出去看阿倫的剎那，活躍的燃燒起來。
卻在今夜，不！已經是昨夜了。在昨夜，徐昭民沉重地看著我：
「就那樣，誰都沒想到，他怎麼會這樣？……他不是那種人啊！」
「伍冬青！」封愷重甸甸的手搭在我肩上：
「如果你想哭，你就發洩……」
我張開嘴，像被什麼扼住喉嚨，只能濁重的喘息。
「我們都弄不懂，他為什麼這樣呢？為什麼？有什麼過不去的？」
有什麼過不去的？我也想問啊！只是，沒有答案了，再沒有答案了。
「他沒留下什麼東西。我們找了很久，確定……沒留下什麼。」
火車站上的送別，竟是訣別嗎？
阿倫把行囊摔上肩頭，朝隊伍中走去，隔著欄柵，回首再一次注視，緩緩地，抬起手。
再見！
再見。我在心裡說。
「真的沒想到他會出事。」徐昭民在黑漆漆的夜裡說：「就在前一夜，星期天，還一塊兒吃飯。他提到你們，就是你和那個顧新蕾嘛！現在想來……倒是在交代。我那時候，怎麼沒想到……他留了話，給你們。」

什麼話？他說了什麼話？五年了，將近兩千個日子，相識至今，數不盡的歡樂挫折。他留了話，給我們。

「謝謝。」徐昭民瞪著眼睛看我：「他就說謝謝。」

交往一場，他說謝謝。

新蕾！他對妳、對我，只說謝謝……所有的一切，只留下一聲：謝謝。

他沒想到，將由誰來對我們說。他沒想到，我們將以怎樣破碎的一顆心去接受他的感激。

他甚至不在意，我們願不願接受他的感激。

阿倫走了，差一個禮拜，才滿二十三歲。

他把所有的勇氣用盡，才決定放棄的吧？而選擇放棄，又需要怎樣的勇氣？

「一切都看你了」，他是這樣說的。曾經，未來的路是我們共同憧憬的，而在很久以前，就已經分道揚鑣了。只是，我每次找尋，都能看見，所以，竟沒有感覺。

風雨完全停歇了。

昨夜積水一灘，在晨曦中閃耀。我揉揉眼，挪動雙腿。坐了一夜，終究是要說的，要告訴新蕾的。

一抬頭，在樹梢枝葉交錯的地方，我看見，我看見一朵木棉！驚愕令我忍不住彈起身子。於是，終於看清，那只是陽光投射在葉片的水珠上，而在我眼中幻化為閃亮的橙黃木棉。

佇立良久，我漸漸明白，原來是開在心底的，恒長美麗的木棉花。

早起的人三三兩兩到小公園中做運動，提著鳥籠、牽著狗的，人突然多起來了。他們彼此招呼問好，因為睡眠充足，顯得容光煥發。

在風雨中煎熬一夜的我，模樣必然很怪異。旁人投射過來的眼色，帶著好奇與戒備。

他們不能瞭解。

對他們而言，這只是個尋常的早晨。對我來說，卻是異常深刻。

生命，本就是令人費解的。

此時此刻，我有件重要的事必須去做。我得把阿倫的話告訴新蕾。阿倫只留了話給我們，她應該知道。

我還要告訴她，我終於知道為什麼，為什麼今年木棉不開花？

今年木棉不開花，因為我們失去了一個好朋友。

其實，也不是真的失去。就從現在起，再不會有什麼事影響我們了。我想。

今生今世，永遠不會改變了。
我相信。

（選自一九八七年《笑拈梅花》）

芙蓉歌

你是肥沃的土地，我卻逐日枯萎死去。
因為，我是一株芙蓉，而他是溫暖的水澤。

芙蓉歌

涉江采芙蓉，蘭澤多芳草。
采之欲遺誰？所思在遠道。
還顧望舊鄉，長路漫浩浩。
同心而離居，憂傷以終老。

采芙蓉

是否曾在黎明時分，曉霧迷離中，聆聽芙蓉的合吟之歌？初初開啟的花瓣，布滿絳紅血脈，清揚地，似悲似喜，詠唱著對水鄉最深刻的眷戀。緩緩滾動的露珠，晶瑩如淚。

柳生甫卸下參軍之職，宿醉醒來，大唐長安城也悠悠轉醒，自晨光中。曲江，及第進士歡筵的榮耀之地，杳無人跡，只芙蓉園迴盪著若有若無的歌。

他勒馬而止，靜對江上的水生花，它有不同的名字：蓮、荷、芙蓉、芙蕖，卻是同樣清麗絕美的容顏。

戀戀不忍離去，馥郁沁人，舒散禁閉已久的感覺，擁抱一池軟玉溫香。

許久，霧已散盡，驕陽將芙蓉照射成透明體。笑聲飄來，柳生怔了怔，芙蓉知解人意，且能笑語？

他睜開眼，江畔柳蔭下，停著一輛金碧雕飾的馬車，車夫立在水中，梳鬟的少女，傍車而立，窗中伸出一截皓腕，手指纖纖如玉，指向江中綻放最好的芙蓉花。

車夫年紀大了，掙扎前行，不能順隨心意。柳生策馬入水，探身，直取那株亭亭，蓮瓣如啖，蓮心似金。

他回轉，先看見少女清俊嬌俏的眉目，而後，珠簾褰動，車窗裡有一朵芙蓉的面容。

多芳草

崔芙蓉替母親祈福，天未亮便趕赴慈恩寺，虔誠地敬上第一炷香。

母親是她在世上最親的人，她在佛前祈求，少病殃，多安康。

返家時，央請老車夫繞到曲江，看一看十里荷花的盛景。年輕時的母親，常和夫婿同遊芙蓉園，貪愛賞花，竟至不食不寢。人面花光交相映，父親貪愛那因花醉而酡紅的面頰，他們整個夏季都在這裡流連。第二個夏季，因芙蓉誕生，誤了花期。第三個夏季，父親病逝，辜負了一池蓮荷。
爾後，曲江的春風秋月，與母親再無干涉。
母親仍愛花，院中總養一缸荷，就在窗外，纏綿病榻的母親，坐起可見到荷的風姿，躺著可嗅聞荷的氣息。
然而，究竟不是曲江的荷花。
倘若採摘一株給母親，是不是可以安慰她長久的悲傷？
為著類似偷竊行為的刺激，她們興高采烈，指揮老車夫，脫除鞋襪，捲起褲腳，往水中行去。
那騎駿馬的男子倏忽而至，不避泥沼，涉水而來，眾多蓮荷，如一方大千世界，而他獨攀折了她的那株芙蓉。擎著芙蓉花，向她走過來。
他走過來了，細長而溫柔的眼睛。
他走過來了，飽含著笑意的嘴唇。
他一直走過來，那樣的步伐，如一枚鈐刻，呼喚著遙遙的記憶，而她，用心靈深深地顫動回應。
他把花遞給她，她幾乎就要伸手去接，卻突然雙頰緋紅，低垂眼眸，吩咐使女：
「輕紅！多謝公子。」

返回永崇里，在自家門前下車，驀然見到，男子跨在馬上，神態從容自在，注視著她，微微俯首。

夏季即將結束，芙蓉梳髮，輕紅捧鏡。芙蓉仔細梳理一綹髮絲，她問：

「今日，他又來了嗎？」

「他日日都來。」

「又送妳禮物？妳依然不受？」

「我不受。」

「為什麼？」

「我不為他，我只為妳。不能受他的禮物。」

「輕紅！」芙蓉看著她的眼睛，自幼一起成長，總覺得彼此有一部分是重疊的：「妳是我的知心人。」

「他想求親。」輕紅放下銅鏡，收拾妝奩，停了停，又說：

「問妳是否許了人家？」

「我不嫁王家表哥，我要退婚。」

「王公子的親事早訂下的，妳也知道，他是好人。」

「但我現在才知道，不能嫁他，就是不能。輕紅！若嫁他，我不能活。」

欲遺誰

崔夫人扶輕紅起身，靠坐在床上，她問：

「芙蓉教妳來的？」

「是我自己，姑娘不敢驚擾夫人。」

「輕紅！妳為什麼？」

為什麼？為她是我們的最愛，為不忍她受絲毫苦楚，為我們對人世的溫情牽繫，都在她的身上，也為了那一句「知心人」。但，這怎麼說得清？

輕紅於是說起曲江的邂逅，說起二月餘日日痴候在府外的柳生。

夫人一直知道自己嬌養著一株芙蓉，如今，卻不知應該花落誰家？她恐怕好花凋落，她要的是能落地生根。

與王家是有承諾的，又是顯貴了的親人，王郎對芙蓉向來有心，退婚料是不能。

柳生卻是女兒的情事，相遇在曲江呵，漫天蓮荷裡，曾有自己年輕的深情眷戀。三年的鍾愛繾綣，抵償半生冷清寂寞，可以了無遺憾。

沉疴難癒，她知道芙蓉這最珍貴的嬌痴寶愛，終要在閉目以前交託。

她究竟該給她怎樣的人生？

初秋，柳生像平日來到崔府，卻見到輕紅佇立門畔。他翻身下馬，驚而且懼：

「她怎麼樣？」

輕紅笑了。

他從沒見她笑過，一抹輕淺的紅妝，她的笑靨明亮耀人，他有些恍惚。

「我家夫人要見你。」輕紅領他進門，在花廳外，她突然轉身說：

「姑娘名叫芙蓉，她說——你是水。」

溫熱酸楚的情緒劇烈翻湧，他有一刻視線模糊。

在遠道

王家廳堂上，崔夫人聲淚俱下，請王老爺作主，說是王家兒郎不依禮法，欺凌孤兒寡母，搶去了芙蓉，匿在他處。

她哭得那樣悲切哀戚，王家上下信以為真，王老爺又是火爆脾氣，無論兒郎如何申辯，狠狠下手，鞭笞得皮開肉綻，昏厥過去才罷休。

便是離了王家，崔夫人仍哭得肝腸寸斷。芙蓉已遵母命，與柳生完婚，遠遠避居在金城里。儘管仍在長安城，卻相思不能相見。為防王家追討，又想出諉過的計謀，她知道這是不義，但，母親要保護兒女，任何事都做得出來。只是，她清楚地知道，今生想再見芙蓉，怕是不能夠了。

王家漸覺蹊蹺，日夜派人在崔府遛達，以為總能尋得蛛絲馬跡。崔夫人與金城里於是絕斷了消息。

柳生有時派小廝往永崇里，只在府外張望，不敢久留，更不敢探問。

那一日，小廝張皇來報，說是崔府掛起白幡。

素車孝服，芙蓉夫婦連夜趕回永崇里，匍匐靈前。

靈堂佈置得莊嚴端肅，兩邊燈火，照如白晝，所有的一切都無法遁形，執禮如孝婿的是王郎，而芙蓉哭暈在私奔情人懷裡。

跪在地上焚燒金箔的王郎，慢慢站起身子，火焰在他瞳中跳動。

王家告官裁決，柳生堅稱崔夫人收受聘禮，將芙蓉許配。芙蓉、輕紅的供詞也是如此。關鍵人物已然亡故，死無對證。官府不能定罪，柳生開釋；但芙蓉許配王家在先，判歸王家。王家門第高華，想來不會迎娶這樣一位媳婦，王郎卻說：

「我要娶她。她是我的妻子，沒有人能改變。」

望舊鄉

洞房之夜，燭火高燒，輕紅始終沒有離開。

王郎只是靜靜地褪下衣衫，裸露肌膚上縱橫錯綜的鞭痕。

「為妳受鞭笞，我不怨。」他看著妻子，低啞地說：「可是，芙蓉，妳不要鞭笞我。」

當他離去，芙蓉心慌地拉住輕紅：「我該如何是好？」

三天後，輕紅遷居別室。

王郎待芙蓉極力溫存，絕口不提往事，只是謹密嚴防，不准芙蓉主僕擅自出府。他被一種恐懼啃噬著，日夜難安。

尤其是蓮荷綻放的夏季，王郎將院中花圃，全挖成水池，栽遍芙蓉。那喚芙蓉的女子，向他道謝。她總是客氣得幾近生疏，而他是她的丈夫呵，他要的不是相敬如賓；是一些親暱，一些溫熱。他真的不知道她心裡在想什麼，她有什麼樣的感覺？

可是，她的態度一逕和順溫馴，除了偶爾怔忡出神，沒有任何異樣。王郎冷眼觀察，三年過去了，她彷彿就打算這樣過一輩子了。他的心逐漸安定。

那一日，崔夫人祭辰，輕紅代芙蓉上墳，返家後直奔芙蓉房，闔上門，猶微喘不止。

芙蓉正刺繡百鳥朝鳳，已完成了九十隻鳥雀，她必須找到一些事，可以打發漫長的一輩子。

「我遇見他了。」

繡針油滑，芙蓉的手汗潮，抽不出，她抬起惶苦傷痛的眼睛，睜睜地望著輕紅。

「他一直住在金城里。清明時悄悄看這位陪妳上墳，他說，看起來，這位待妳也是一往情深……」

「他另有婚配了？」芙蓉的聲音緊縮。

「沒有。」

「他為什麼，不離開京城？」她的聲音鬆弛，涵納柔情。

「他說，妳在這裡，他無處可去。」

天下之大，失去她，他竟是無處可去；生命多采，失去他，她也是了無生趣呵。

輕紅看見，三年來不曾哭泣的芙蓉，淚水淌落面頰。

漫浩浩

初雪的早晨，王郎暴怒的吼聲，震懾了王家府邸。一向儒雅溫文的男主人，像被風魔附身，消息飛快傳遞，夫人逃逸，不知去向。

王郎搗毀繡架，砸碎妝臺，百鳥朝鳳圖已繡成鳥雀百隻，獨缺彩鳳，鳳鳥掙脫樊籠，凌雲遠逸。而他為她添置的珠翠寶飾，她一點也不肯帶走，全然不留戀稀罕。

家人尋得柴房梯子倚牆而立，但踰牆以後，如此高度，兩個女子如何落地？牆外雪地上，猶見車轍與零亂馬蹄，他們走得並不遠。王郎揣想柳生騎在馬上，接抱踰牆的芙蓉，他的胸腔有著欲裂的尖銳疼痛。

「找她們回來。」他簡短下令。

並且知道，這將是他今生最重要的事。

柳生與芙蓉並沒有離開，因為每道出城的門，都有王家人看守，金城里更不能待，他們找了個靠近城門的小客棧，棲息了一個冬天。

開春時分，輕紅偕同柳家小廝，上街市去看看風頭，這才發現，近城的市集，都張貼著芙蓉繪像。王郎寫下尋妻告示，稱愛妻遭賊竊去，重金懸賞。

畫像雖少了風韻，卻極近似，一筆不苟。輕紅仔細端詳，這樣少見的美麗容顏，竟是芙蓉得不著幸福的原因嗎？

她還要像罪犯一樣，瑟縮躲藏多久呢？

城門就在不遠處，卻可望而不可及。輕紅突然伸出手，猛地揭下告示，圍觀群眾譁然。

「我知道王夫人下落。」她卸下風帽，露出面孔，鎮定地，看著守在城畔的王家人一擁而上。

小廝臉色青白，奔回客棧，說輕紅出賣主人，已隨王家人回去，請公子與夫人速速離城，城畔王家人已撤離，正是好時機……說著說著，忽而了悟，不再言語。

「她是我的親人，我捨不下。」芙蓉斂衽整妝，對柳生說：

「你快出城去，越遠越好。」

柳生將她扳轉身，從她顫抖的手中取下簪子，輕輕簪妥，執起她的手：

「妳是我的親人，我也捨不下。」

他的眸中有流動的波光，語音凝噎：

「我們去懇求他，請他成全。」

他不肯成全。

輕紅求他，他憤怒地質問：

「我待她不好嗎？我待她不寬厚嗎？她便是不知情，也不感恩嗎？」

他真正想問的是，愛我，有那麼難嗎？

柳生才進王家，就遭拘捕，他並沒有掙動，意態安詳，心中知道，只要有機會，芙蓉仍會來奔。

芙蓉當著眾人的面，陳明柳生絕非竊玉賊，而是自己甘願情奔。並請求王郎休妻，因為，她已懷有身孕。

長久的靜默，欲窒的緊張，便是王郎當年遭詬陷，百口莫辯，身受箠刑苦楚時，也不曾有這樣慘傷的神色。

一個男人到底能容忍幾次背叛？

但，王郎走向芙蓉，他明確地讓所有人聽見：

「我說過，妳是我的妻子，沒有人能改變。」

而離居

王郎聽見芙蓉並未懷孕的消息，赤著眼蹬開房門，在這以前，他一直不願與她相見。

「妳好……」他顫慄地，森冷的笑：

「妳想懷孕嗎？妳該有我的孩子——」

他像一頭獸，撲向她，那一刻，他不想做人。

然而，金光閃動，她手中握住一把尖利的黃金剪，高高揚起。那是她刺繡時，他的贈與，讓她絞斷七彩繡線。她竟時時隨身攜帶，為的是什麼？防身？或是襲擊？

他因此冷靜下來。她轉動手腕，金剪抵住咽喉，抬起下巴，凝望著他。

「妳是何苦？」他問得軟弱。

剪刀的尖利刺透雪膚，一縷鮮血往下溜，她有些搖晃：

「我已經負了你，不能再負他。」

「為什麼，妳選擇他，而不是我呢？」

「你是肥沃的土地，我卻逐日枯萎死去；因為，我是一株芙蓉，而他，是溫暖的水澤。」

門外，輕紅長跪：

「公子！你鬆手，讓我們走吧！」

你即使禁錮她，卻禁錮不了愛情。

「她，受傷了。」他喘息地。

頹然靠在牆上，流淚。

我也可以是水澤呵，我也可以。給我機會，給我溫柔，讓我變成水澤。

柳生受流刑，放逐江陵縣，距長安城一千七百餘里。

他上路了，往東南行去，漸行漸遠。

芙蓉病得沉重了，輾轉床榻，心似油煎，趕不上了，他走得那樣遠。她偶爾清醒，便對輕紅說：

「他走遠了，妳陪我，趕上他。」

「莫慌。」輕紅安慰她：「我陪妳去，我們趕得上的。」

芙蓉死去的那個夏季，曲江的荷花開得特別癲狂，數里以外都嗅著清鮮香氣。

但，沒有人聽見芙蓉在晨霧中的歌詠。

以終老

王郎策馬趕赴江陵，因為，有人自江陵來，說在一戶柳姓人家，看見芙蓉與輕紅。

他不信。

芙蓉去世不久，輕紅殉主。一是愛妻，一是義婢，喪事全照他的意思，備極哀榮。他在塚畔預留空穴，待來日與妻合葬。芙蓉的墓碑上，鐫著他的姓氏，這一次，她再不能離開。

有人告訴他，看見他的妻子，依舊與柳生在一起。他淡淡一笑，說大概是柳生又邂逅一對麗人，面貌神態宛如芙蓉、輕紅。

如此而已，僅屬巧合。

他說著笑著，更盡一杯酒。

卻在酒醒後，兼程趕往江陵。

柳生是在抵達江陵三日後，見到芙蓉和輕紅的。他一直沒有失去再相見的希望，然而，果真相見，又覺恍若一夢。

「妳們，怎麼能來？」

人生意專，必果夙願。

「我已與他訣別，今生今世，與君偕老。」

他歡喜擁她入懷，忽又想起：

「怎麼找得到我？」

「天涯海角，總能找得到。」

室內充滿芙蓉、輕紅的笑語盈盈，他從沒見過她們如此恣情歡樂，過去相守的日子，總有陰影相隨。柳生知道，自此以後芙蓉真的完全屬於他一個人了。

於是，他有了許多以前不敢有的想法，是不是該添個孩子？是不是該替輕紅安排終身？每聽他說這些，她們總是笑，彷彿是荒謬突梯的，他不明白；看見她們笑中不意流露的淒涼酸楚，他更不明白。

隱隱覺得有什麼秘密，她們共守著，獨瞞住了他。

但，她們的快樂，令他不忍；假若她們能快樂得長久些，又有什麼不好呢？

王郎趕到柳宅時，柳生正打算陪伴芙蓉逛廟會。

芙蓉臨軒勻妝，輕紅捧鏡在側，王郎推門而入，室內驟亮，與芙蓉、輕紅打了照面，果真是她們。

他痛嚎出聲。

便是魂魄，也要背離叛逃，千里之遙。

看見他，輕紅銅鏡脫手，墜落地面。

噹——

音響如磬，直透耳鼓，有一刻，聽不見聲音，也不能思想。

柳生與王郎看見彼此，錯愕的表情，他們同時轉頭，室內並沒有芙蓉或是輕紅，根本就沒有，也許，從來不曾有過。

鉛黃猶存在妝臺，銅鏡躺在地上，光影灩灩，照射著空氣中飄飛的塵埃。

——取材於唐傳奇‧〈華州參軍〉

（選自一九九四年《鴛鴦紋身》）

天使的咒語

「永保安康」，是生日的祝福咒語。
令她孤單許多年，卻也指引她找到真愛。

祥祥在電腦鍵盤上一個字一個字敲著，指甲滑過的聲音輕脆，像是敲擊著好聽的樂器，把夜晚演奏成和諧的樂曲。

初夏的風穿越整座城市，仍然能夠分辨，是從海上來的，有星子墜落，海豚跳躍過的氣味。她深吸一口氣，遠處公園裡的茉莉已經開了。妳是鼻子太靈敏？還是太有想像力？曾經有人這樣問過，她沒有回答。

這樣的空氣，這樣的風，帶她回到十年前的校園，夜晚的租賃公寓總聽得見音樂系同學練琴的聲音。共租一層公寓的室友常常抱怨這樣的噪音是折磨，祥祥並不這麼想，她踮起腳尖在琴聲裡隨意舞蹈，在琴聲裡給在另一個城市讀書的馮凱寫信：

「有兩個星期沒收到你的來信了，如果你還不出現，我很脆弱的，你也知道，我很難拒絕別人熱情的追求，所以……」

寫到這裡，她忍不住咬著筆桿笑起來，這信一寄到，用不了一兩天馮凱肯定飛奔而來，她太瞭解他了。

在補習班的時候，他就是力戰群雄，奮不顧身，才獲得祥祥青睞的。聯考一放榜，他們一北一南，馮凱的臉色難看得一塌糊塗：

「天將亡我！天將亡我！」

他掙扎好久，不肯去註冊，差點鬧家庭革命，馮家找了祥祥談話，叫她勸勸馮凱，祥祥乖乖的點頭答應，很識大體的模樣。一見馮凱就翻了臉，把所有能掀的東西都掀了：

「你故意害我是不是？我被你爸媽當成紅顏禍水！你高興了吧？你滿意了吧？我再也、不、理、你、了——」

「祥祥！祥祥！不要啦，拜託，妳不要生氣——」

馮凱從逆來順受的站立轉變為恐懼，急急抓住祥祥手臂，不讓她走開。

「你放手。」

「妳不要走……」

「放手啊！疼——」祥祥大叫。

馮凱嚇得鬆手。祥祥搥他、踢他、嘴裡一連串的罵著：

「野蠻人！你最野蠻——我痛死了！你這個野蠻人——」

馮凱不閃不躲也不求饒，由著祥祥發洩一頓。祥祥累了，停下來，喘吁吁地瞪著馮凱，意猶未盡：

「都是你，」她滿肚子委屈的抱怨：「害我變成這麼潑辣……」

馮凱第二天便南下註了冊，又馬上搭夜車回來找祥祥：

「我辦好手續了，明天就趕回去上課。」

祥祥對他不理不睬，低著頭翻鑰匙，一陣亂攪，廢然而止。

「忘了帶鑰匙？沒關係，我跳進去幫妳開哦。」

他提起一口氣準備翻進牆去，忽然覺得衣角被牽住了，遲疑的回過頭，看見祥祥漾著柔光的眼眸，心在一瞬間融成晶晶亮亮一大片。

「我把你打疼了吧？」

「不疼。一點也不疼，真的。」

「你騙我。」

「我沒有。我好禁打的，一點也不疼——」

「那，打了等於沒打囉？」祥祥幽幽的抬起睫毛，臉上的表情忽然兇惡起來：

「我再打！反正你不疼——」

她追著打，馮凱抱頭而逃。

她就是瞭解馮凱，知道他對她一點辦法也沒有。

她在琴聲中寫完信，穿著睡衣，踮著腳尖從房間滑行到廚房，開了冰箱取出一罐酸梅湯，又旋轉著自己的舞步經過客廳。在旋轉中，她彷彿看見一個人影在角落裡，放慢速度，於是她看見，是一個穿白色上衣的，男人。握緊酸梅湯，她站住，面對那個微笑的男人：

「你是誰？」

穿著蕾絲邊白色睡衣，赤著腳，舞動一罐酸梅湯，這是第一次見到阿尉時，祥祥的特殊造型。

阿尉是祥祥室友的表哥，他說：

「我以為妳是一個舞蹈家。」

祥祥每次一想到就覺得好糗。在校園裡遇見，阿尉總笑笑的望著她，她忽然覺得舉步維艱起來，腿腳僵硬得不像自己的，索性站住了，倚在走廊邊。

「祥祥。在做什麼？」阿尉和她一樣的姿勢，靠著走廊欄杆。

「看海。」

「這裡看得到海嗎？」

「這裡有海上吹來的風。」祥祥歪著頭，很挑剔的看著阿尉：「一定要看見海了，才知道海在哪裡嗎？」

後來，阿尉每次見到她就問：

「祥祥，看見什麼了？」

「流星。」大白天她這麼說。

「飛魚。」坐在教室裡她這麼說。

「祥祥，告訴我，妳看見什麼了？」

阿尉專注的看著祥祥的眼睛，祥祥眨了眨眼，好像被強光刺激到了，很不舒服的樣子。她沒有回答。

「妳一定看得見的，告訴我，妳看見什麼？」
祥祥蹙了蹙眉，下定決心的說：
「馮凱。我看見馮凱。」
「還有呢？」阿尉不肯放棄。
「馮凱。」祥祥堅定的：「就是馮凱。」
阿尉嘆息地：
「除了馮凱，妳真的看不見別人了？」
祥祥抿緊嘴唇，顯得倔強。
阿尉深吸一口氣：
「妳應該看見一個守護妳的天使，妳應該看見……」
大三那年，馮凱北上的次數愈來愈少，他在學校參加的活動很多，有消息傳來，說馮凱和校花走得很近，迎新舞會上是他們倆開的舞。祥祥忽然吃壞了東西，半夜裡胃絞痛，她掙扎著叫醒室友，室友叫來了阿尉。阿尉看見她慘白的臉色，蜷縮成一團的痛楚，眼眶紅起來：
「我們去醫院，來，我們去醫院……」
祥祥勉強在攙扶下邁幾步，一次狂暴的痛席捲割裂她的身軀，她俯倒，地板伸展手臂要擁抱她，無助絕望的呻吟，止不住的嘔吐，她想，這很接近死亡了，就要死了，要死了……她看見一張發亮的天使的臉孔靠近，彷彿還有揚動的羽翼，眉目眼神很像阿尉。是了，他說過要成為她的守護天使的。

出院以後，她變得有些厭食，食量跟麻雀差不多，而且憂鬱。馮凱聽說了傳言，又聽說她病了，要北上看她，她說要準備報告沒時間見面，於是連電話也不接了。馮凱忙著系學會的選舉，實在不可能立即抽身北上，祥祥漸漸不上課，很迅速的消瘦了。

「祥祥，陪我吃點東西好嗎？」

阿尉一定能找到她，不管她躲在哪裡。

「我吃不下。」

「妳一天都沒吃東西了。」

「我吃了。」

「妳今天吃過什麼？」

「天使不管人家吃什麼的。」

「那，天使管什麼？」

「阿尉。帶我去海邊好不好？」

他們趕到海邊去看落日。

阿尉問：

「妳不快樂，是不是？」

「好像是。我現在要靠海這麼近，才能看見海哪。」

「是因為馮凱？」

「阿尉。」祥祥轉頭看他：「我覺得很抱歉，你每次看到我都是不太好的狀態，不是奇形怪狀，就是半死不活……」

「可能是我們不常見面的緣故。如果我們更常見面，妳想，會不會好一些？」

祥祥不說話，縮起身子。

「怎麼了？」

「胃痛。」

「我們再回醫院檢查一次，好不好？」

祥祥搖頭，過了一會兒，她笑起來：

「有天使看著我，我不會有事的。」

秋天的海岸有些涼，阿尉的外套一直穿在祥祥身上，他載她回去，在公寓門口，看見馮凱背著背包坐在那兒。阿尉身後的祥祥明顯的震動了，但，她仍坐著，並不打算下車，好像阿尉掉轉車頭離開，她也不會有異議的樣子。這念頭確實在阿尉心頭萌生，十分強烈，他用力握住車把，深吸一口氣，側頭對祥祥說：

「去吧。」

祥祥離開摩托車後座，緩緩走向馮凱，挺直脊背，很優雅的，仍穿著阿尉的外套，阿尉不想停留，加速遁逃於夜色之中。

接著，天蠍座的祥祥過二十一歲生日，由馮凱主辦生日party，也邀了阿尉參加。

「我得想想，有什麼特別的禮物送給妳。」阿尉說。

「你來就好，我介紹馮凱給你認識，他說你是我的救命恩人，他要叩謝你的大恩呢。」

那一天，阿尉沒有來。祥祥覺得也好，讓他做守護天使太辛苦，也太不公平了。第二天，阿尉在教室外面等她：

「昨天的party很棒吧，抱歉我沒趕上。」他把手掌打開，一張火車票躺在掌心：

「送給妳。生日快樂。」

「謝謝。」祥祥接過來，車票上寫著站名：

永康站

至

保安站

看她端詳著車票，阿尉問：

「祥祥，妳看見了什麼？」

我看見你寧願大老遠去搭火車，也不願意陪我過生日——祥祥覺著一種惆悵的失落，但，這是應該的，她對自己說，阿尉是個好人，他若決定放手，我應該高興，於是她笑起來：

「我看見火車，我明白你的意思，謝謝你。」

「妳明白就好了。」阿尉的笑容裡有欣慰的神情。

一切到此為止了。祥祥將車票放進收藏紀念品的盒子裡，用一種告別的心情。

然而，大三剛結束，馮凱就確定要結婚了，一個學妹懷了他的孩子。

「你怎麼能結婚呢？你自己都只是一個小孩。」

祥祥教訓的口吻，聽起來完全不像情人，倒像師長或者家長，她把自己的情緒抽離得好遠好遠才不會太痛楚。她東拉西扯說了一大堆不該結婚的理由，可是，馮凱似乎並不接受。

「反正，你就一定要這麼做了，對不對？」她氣得發抖。

馮凱忽然像小孩子一樣大哭起來，抓住祥祥的手：

「我對不起妳！對不起——妳打我！妳踢我好不好？祥祥！妳打我啊——」

「你放手。」

「求求妳！妳打我吧！」

「放手啊！疼——」從肺腑發出的尖銳喊叫。

祥祥雙臂環抱住自己的身體，不肯碰觸馮凱，一點也不肯。

她覺得是因為阿尉離開，並且入伍當兵去了，再沒有天使看守，才會發生這些事。那麼，她絕望的想，噩運是不是會接踵而來？

她也知道馮凱的離開，終結了她在情愛中的任性和蠻橫。她是任性的，因為覺得自己愛得那麼誠摯，撒嬌或者撒賴都是可以被允許的。

原來不是這樣的。

阿尉努力要和她取得連絡，她用僅剩的任性抵禦他。

反正都是一樣的，所有的愛情都是不穩靠的，阿尉把火車票交給她的那一刻，就已經夠清楚了，還有什麼可說的。

祥祥變成一個普通的女人，把那些特殊的質素都深深埋藏起來，在看得到而且看得很清楚的世界裡過生活。她在一家電腦公司擔任公關部門的工作，每天要接很多電話，與很多人熱絡交談，其他時候，她幾乎都是沉默的。初夏的午後，她喜歡推開窗，在窗邊站一會兒，沒人知道她在想什麼。

公司有一場開發新軟體的發表會，她企劃活動，監督連繫事宜，忙得團團轉，在應付媒體訪問的時候，覺得角落裡有一個人影，已經佇立許久，她偷空轉過頭去尋找，一個穿著白色上衣的男人，對她微笑，是阿尉。

她楞了片刻，直直朝阿尉走去，盯著他的臉看：

「真的是你！」

「如假包換。」

兩個人都笑起來。祥祥才知道阿尉是他們公司極力爭取的客戶：

「天啊！我得對你阿諛奉承才行了。」

「我等了好久，終於有機會了。」

「但我準備離職了。」她故意說。

「真的？怎麼沒聽說？」

「你打聽我？」祥祥忽然變得蠻橫：

「太過分了。」

「妳看起來真的很好。現在身體好嗎？」

「強壯如牛。」

「好極了。」阿尉笑著。

祥祥現在知道當年為什麼喜歡看見阿尉，因為他有很真誠好看的笑容。

「可見，當年的咒語果然有效。」

「什麼咒語？」

「那張車票啊，那張火車票。」

「喔……是呀。」祥祥笑得迷迷糊糊。

又是那張火車票，究竟是怎麼回事，那張票是一個咒語嗎？有什麼玄機是她一直沒有看見的嗎？

同部門的小青來找祥祥，看見他們聊天，顯得很興奮：

「啊！尉經理跟祥姐真的認識呀？怪不得尉經理總打聽祥姐呢。」

發表會結束時，阿尉找到祥祥：

「希望妳別介意，我只是想知道妳過得好不好？」

「我知道……」祥祥頓了頓：「守護天使嘛。」

「是啊。」

阿尉還沒進電梯，小青擠到祥祥身邊，一面應酬的笑著，一面咬耳朵：

「他是今天出現的，最有價值的單身漢。」

祥祥飛回南部老家，翻箱倒櫃，把大學時代收藏保留的東西找出來，一張火車票，那樣一張小紙片，很容易遺失吧，很可能不見了吧，恐怕找不到了……火車票落在眼前的時候，她還有些遲疑。

就是它了。

祥祥仔細看著上面每一個字，八年前的十一月十五日，她的二十一歲生日，永康站至保安站，她忽然看見一種新的排列組合的方式，她無聲的俯倒，像急病的那一夜，像看見守護天使的一剎那——

「永保安康」，是生日的祝福咒語。

原來有著這樣執著的深情，她卻一直沒有看見。因為阿尉相信她能看見，結果，她被自己蒙蔽這樣久。

她現在終於明白了，那些，曾經不明白的事。

天使的咒語，令她孤單許多年，卻也指引她找到真愛。

阿尉並沒有邀約她，甚至也不連絡，但祥祥始終沉浸在一種奇妙的喜悅感覺中，連敲打電腦鍵盤，也像演奏樂器的心情。阿尉曾經以為她是舞蹈家呢，想起過去的事便忍不住想笑。

祥祥覺得過去的自己一點一點回來了，她又可以看見、聽見或者感覺一些別人無法感覺到的事。比方說，從海上吹來的風，有潮濕的氣味，雖然海在看不見的遠方。

聽說阿尉他們下了單子，公司在墾丁舉行慶功宴。祥祥和同事游過泳，喝過下午茶，又吃了豐盛的晚餐，聽阿尉的同事說他去了新加坡，沒法來參加。祥祥並不覺得惆悵或失落，她覺得這樣的重逢已經帶給她一些很珍貴的力量了，像是重新認知了一些事。

晚餐後是舞會，熱烈而瘋狂，祥祥不想跳舞，一個人溜到陽臺上，坐進藤椅，把腳抬高，交叉著放在欄杆上，看著遠遠近近闃暗的森林，她確定知道，穿過森林有一片海。

「祥祥，在看什麼？」

她聽見這個聲音的時候就笑了。

「看天使啊。」她回答，並不轉頭。

阿尉搬了椅子在她身邊坐下，看著她的眼神裡，又有令她難以承受的光炬了。

「我聽說你去新加坡了。」

「我趕回來了。」

「我要告訴你一件事，其實我好笨，那張火車票，那個咒語，你知道，我竟然花了八年的時間才看明白。」

「我真的有點意外。」

「要怪你啊。」祥祥兇惡起來：

「誰能相信天使會下咒語的？」

「幸福的咒語，天使也得準備一些，以備不時之需。」

「你準備了很多嗎？」

「那得看妳的需要量大不大？」

祥祥收回腳，格格笑出聲音。阿尉忍不住伸出手去觸摸，他一直很想撫觸的，祥祥細軟的髮絲，祥祥一動也不動，任他的手輕輕滑過她的肩膀和手臂，來到她的手腕。

「我可以請妳跳一支舞嗎？」

「在這兒？」

「就在這兒。」

祥祥站起來的時候，阿尉說：

「第一次看見妳的時候，就想和妳跳舞了。」

祥祥沒有說話，只是緩緩的貼近他，他們在無伴奏的星光下共舞。

祥祥聽見一大群飛魚躍出海面的聲音。

（選自一九九九年《喜歡》）

如果長頸鹿要回家

他看見懸浮的鐵軌上，綺綺用一條月光色的鍊子，
牽著長頸鹿慢慢走回家，一邊走一邊唱著一首快樂的歌。

「其實，當初並沒想要介紹你們認識的。」

綺綺回美國去以後，她的表姐帶幾分歉意與遺憾的說。

阿晨沒說什麼，他微微地笑，覺得退了冰度的啤酒簡直難以下嚥。和綺綺的相遇就是在啤酒屋裡。

挑染了鮮紅色短髮的年輕女孩鼓著腮幫子，一手托著下巴，另一隻手的食指不時在啤酒杯裡攪和兩下，好生無聊似的。阿晨特意挑了個遠一點的位子坐下，不想被憂鬱的氣氛感染，他假設這女孩因為憂鬱所以顯得心不在焉。

「是我女朋友的表妹，有點滑稽的女生，從國外回來的，說沒看過啤酒屋，就跟著來了。」小邱湊過來向他解釋。

小邱的女朋友是本來就認識的，阿晨失戀以後還替他介紹過女朋友，買賣雖然不成，可仁義還是在的。

「綺綺！喂！綺綺！介紹阿晨給妳認識。」表姐一貫熱情洋溢的喊著。

阿晨覺得微笑點頭好像還不夠，不知不覺發現自己伸出了手。綺綺猶豫了三秒鐘，右手離開了啤酒杯遞給阿晨，帶著一朵甜美合宜的笑。阿晨應該考慮要不要握那隻啤酒手的，可是他無法抗拒這樣的笑意，於是，握住她的，剛剛從啤酒裡拔出來的手。

「哈囉！阿晨。」綺綺的聲音很孩子氣，但不像是刻意撒嬌。

她握住阿晨的手，忽然集中起了注意力，盯著他的手背看，好像那上頭有一隻貓頭鷹或者是藏寶圖的樣子。連阿晨的好奇心也萌生起來，他覺得自己也該看一看。綺綺忽然抽出手，以極迅捷的速度，用指尖刮過他的手背，拈起什麼東西，浸泡在啤酒杯裡。

「幹嘛啊？」表姐嚷嚷著。

「我的魚跑出來了，現在，我把牠捉回去了。」綺綺說。

「哇哈哈——」小邱笑得好高興，靠近阿晨：「夠古怪吧。」

阿晨用力盯著綺綺的啤酒杯，看不見一條魚的蹤跡，可是，綺綺又繼續在啤酒裡繞行她的手指頭了。阿晨於是知道她一直都在跟她的魚玩著，縱使，也許那條魚是別人看不見的。

那夜他們一群人玩到很晚，阿晨住木柵，被分配送住政大的綺綺回家。上車以前，綺綺停下來看阿晨的嘉年華車窗上掛的迷你T恤，小衣裳上寫了幾行字：

等我長大以後　我要變成　凱迪拉克

綺綺用英文詢問清楚這幾句話的意思以後，笑得伏在行李箱上起不來：

「Oh! My God!」她笑得眼淚都流了出來：「好棒的車！你長大以後一定會變

成凱迪拉克的……」她拍著車門，像跟一個準備聯考的孩子說話一樣。跑跑跳跳的上了車。

快接近政大的時候，她指著遠處的燈光問：

「那裡是不是動物園？」

「妳想去看一看嗎？」

他車上的小T恤，是失戀後一個人開車去墾丁，逛進一家個性商店買的，掛了快一年了，沒人有過這麼激烈的反應，綺綺的反應讓他忽然升起一股知己之情，整個人也變得體貼柔軟起來了。

車子駛過動物園門前，綺綺問：

「我們可以進去嗎？」她的聲音小小的。

「關門了，我們進不去。」阿晨發現自己的嗓門也壓得好小，好吃力。

「我們可以爬牆進去。」

「不行！動物都下班了，我們又沒付加班費，牠們不給看的。」他像跟小孩說話一樣的跟綺綺說。

「這是捷運嗎？是不是捷運？」綺綺的注意力已然轉移。

「這是捷運，可是太晚了，沒有車了。」

「哇……」她的嘆息聲很特別：「好大的彎道哦，一定很好玩，我最喜歡有捷運和地鐵的城市了。」

「妳一定最喜歡台北，因為我們有全世界造價最貴的捷運。」

「那好棒哦。」

好棒？從沒聽過任何人對這件事有這樣的反應，這個女生顯然不知民間疾苦，也不懂嘲諷的藝術。

但是，他們還是約了一起去動物園，以及搭捷運。

阿晨後來知道了綺綺的事。她小學畢業以前都是外公外婆帶的，像個小公主一般受寵，天天說不完的童話故事，後來，長年在國外經商的父母親，接了綺綺去共同生活，綺綺因為不能適應，變得自閉，常常沉浸在自己的世界裡。她表姐說她父母的感情不好，她又沒有兄弟姐妹，一定是太孤獨了。她回來探親度假，全家人都寵著，尤其是她的外公外婆。

阿晨還是約她，並且發現如果一直找話題跟她說，她就沒時間東想西想，想出一堆有的沒有的。

有時候他下班已經十點多，便約她去動物園捷運軌道下的河堤聊天，他們一起仰頭看四節車廂從頭頂經過，光亮混合著聲響，像一枚巨大的流星，緩緩低空飛過。

綺綺仰頭專注的看列車，阿晨悄悄看她光潔小巧的下巴，弧度優美的頸項。

下一次，他對自己說，下一次列車經過的時候，我一定要吻她。

可是，綺綺眨動著睫毛的樣子看起來太無邪，他明明知道她已經二十四歲了，還是覺得她像未成年少女。他建議她下次把紅色的挑染髮絲換成白色，也許會比較成熟，然後他也比較不會有罪惡感。

一群人去唱KTV的時候，綺綺一支歌也不唱，只是坐在那裡克盡本分喝飲料，不一會兒就把歡樂壺喝光了，又不唱歌，阿晨不知道她喝那麼多澎大海幹什麼。

坐在河堤上，阿晨說：

「現在沒有人，妳唱一首歌給我聽吧。隨便唱一句也行，我聽不懂的也可以。」

綺綺說她沒有歌可以唱，她不會唱任何一首歌。

「那麼，將來我想起妳的時候，一首歌也沒有了。」

「你想我幹嘛？」綺綺抱著膝蓋。

阿晨的沮喪與受傷的感覺一起湧上來，他自暴自棄地：

「對啊，我幹嘛那麼無聊，朋友一大堆，不必想起妳的……」說完了，一點都沒有挽救搖搖欲墜的情緒，反而更加挫折。

呼囉囉——捷運列車從頭頂經過。阿晨沉篤著聲音，下定決心的說：

「綺綺，我喜歡妳。」

仰著頭的綺綺轉回頭看住阿晨，她說：

「你說什麼，我聽不清楚。」

還有沒有勇氣再說一次呢？

「我說，我喜歡妳。」

綺綺撐著從堤上跳下來，走向他還沒變成凱迪拉克的車，她說：

「喜歡不是愛。」

那一夜開始，阿晨認真思索，喜歡和愛之間，到底有什麼不一樣？

是否因為她真的挺奇怪的，所以他只是喜歡她，還沒愛上她？

她的奇怪是因為她眼中的世界和大家都不同。看著最後一班捷運進站，燈火通亮的車廂裡，幾乎一個人都沒有，綺綺便說：

「這是動物園專用的車，猩猩啦，河馬啦，駱駝啦，老虎獅子啦，通通回動物園的家了。」

當她這麼說的時候，彷彿真的看見扶老攜幼的動物們，魚貫地走出車門，下了階梯，進入動物園大門。

「每個動物都回家了，只有我和長頸鹿不能回家……」她忽然悲傷起來。

「為什麼長頸鹿不能回家？」

「車廂太矮了，長頸鹿怎麼塞得進去啊？」

「那，妳為什麼不能回家？」

「我不知道家在哪裡。」

暑假結束之前，他送她回家，下車以後，她繞到駕駛座旁，對他說：

「拜拜！凱迪拉克！拜拜！」

同時，她輕輕吻了吻他的臉頰。

下一次見面，不管有沒有捷運，我一定要吻她。阿晨對自己盟誓。

但，他沒有機會，因為綺綺回美國去了，她留下地址請表姐轉交給他。阿晨有一種很奇怪的虛無之感，一個沒有國度，沒有歌曲，也沒有家的女孩，一個永遠不肯長大的女孩，前幾天還質疑過喜歡與愛，接著就不告而別了。他沒有和她連絡，只把這樣的一場相遇當成夢，此刻，夢醒了。

可是，看見捷運，還是忍不住想起動物搭捷運回家這一類的話，想著想著便一個人笑了起來。

又在啤酒屋碰見小邱和綺綺的表姐，小邱告訴他，那個怪表妹回美國以後進醫院治療去了，不知道這一次能不能把那些稀奇古怪的念頭治乾淨。然後，表姐說了，當初，並沒有意思介紹他們認識的。

阿晨慌慌草草的喝著啤酒，想到綺綺那樣可愛的笑臉，卻一直忍受著一些擺脫不掉的困擾，他的內心湧動一種難以形容的纏綿痛楚，這，難道就是愛了？果然與喜歡是不一樣的。

他們到底要把綺綺治成什麼樣子啊？

那夜他夢見了綺綺。

第二天便寫了一封信，告訴綺綺，在捷運最末班車之後，在猩猩、河馬、駱駝、獅子、老虎都下車以後，他看見懸浮的鐵軌上，綺綺用一條月光色的鍊子，牽著長頸鹿慢慢走回家，她一邊走一邊唱著一首快樂的歌，原來，她的歌聲如此悅耳動人。

如果長頸鹿要回家，一定會有辦法的。

如果綺綺要回家，也一定辦得到。

（選自一九九九年《喜歡》）

喜歡

如果沒有你的允許，不能說「愛」。
那麼，至少我可以說「喜歡」。
是的，我喜歡你，你快要忘記我，而我就來了。

騎車的少年

將要放寒假了，卻仍是該冷而不冷的氣候。她從圖書館還書回來，爬了幾十個階梯，便微微地喘，細小的汗珠滲出來。順手拉挽頭髮，她瞥見研究室樓梯口，停放著那輛熟悉的腳踏車，心口震了震，腳步不由得加快了。

走了幾步，刻意的慢下來，並且告訴自己，不該急促的。

轉個彎，陽光一路溜進來，直爬上那個佇立等待的少年的面頰，成一臉笑。也不知等了多久，看著她的笑容裡，有一絲絲憂傷。

「老師。」

「邱暹。」她仍忙著挽髮，很平常的樣子，就像過去一個學期裡的每一天，就當他是眾多學生其中的一個，一點也不特別，縱使是……

「聽說你要回美國去了？」

縱使是，他要回到他來的地方去了。他要離開了。

「是啊。飛機是明天的，來和妳說再見。」他一轉身，抱出一大束白色玫瑰：

「喏！給妳的。」

她欲接又止，忍不住笑起來。並不是沒有人送花給她，一直都有，卻沒有人像他這樣執著，只送玫瑰。

「你們沒看見邱遲送花給老師，送得多麼勇猛。」班上女生曾驚羨而調侃的說。

邱遲並不在意，也不迴避，理所當然。

她推讓了幾回，並不見效，只得由他。就當是美國回來的洋規矩，欣然接受。

「瞧你……謝謝！」

「希望不是最後一次送花給妳。」

陽光隱在雲後，廊上驀地暗沉了。

「你不回來了？」

「我很想回來，我喜歡……這裡。」

他說得疑惑而不確定，她小心的聆聽，覺得焦慌，因為他不是語彙不夠，而是欲言又止。他若不說，她偏探問不得，要記得，他只是個學生。

她掏出鑰匙打開研究室的門：

「要不要進去喝杯咖啡？」

「這個，給小葳的。」

一隻草編的蚱蜢，翠綠色的停在他掌心。

「啊！你做好了。」

「前幾天我到鄉下外婆家，山邊的草做起來才好看，台北的草不行，美國的也不行。」

「真的，像真的一樣，小葳一定很喜歡。」

「我喜歡小葳，他好可愛。」

「如果他知道你回去了，一定好捨不得。」

「希望他不會很快忘記我。」

「他會記得你的，你那麼疼他。」

「小孩子的記憶有時候是很神奇的，就像我，一直記著妳。」

她有些恍惚了，陽光圈著他，使他的形體光燦透亮，面目朦朧。

我，一直記著妳。

「要不要坐一坐？」

「我得走了，行李還沒收拾呢！」

他把綠蚱蜢交給她，她伸手去接。兩個人就這樣站在門戶半開的地方，研究室裡層層疊疊的書櫃，陰陰涼涼。廊上有著一大片陽光，錯雜的樹蔭，斑斕地，印在欄杆上，因著風過，晃晃搖動。

她的手指碰觸到他，冰涼的。

他沒有移動，她也沒有。

在陰陽交界處，他們初度相遇。

然而卻是沒有過往，沒有將來，甚至沒有此刻。

他的呼吸顯得迫促了，不肯抬眼看她。

她只有離開，接過那隻蚱蜢。

他深吸一口氣，下定決心似的抬起頭看她，努力地笑得璀璨：

「妳的課上得真的很好，我真的很喜歡！妳是一個好老師，這一次回來能見到妳，我很開心。」

「是嗎？我也開心啊，你是個大人了，當年那麼小，那麼頑皮……」她忽然停住，看著笑得勉強的他：

「多保重了。」

「妳也一樣。」

「問候你的父母親。」

「謝謝！再見了。」

「再見。」

而他並不走，似乎是繃緊了神經，沉重地向前跨一步，伸展手臂，壓縮過的聲音：

「我可不可以……」

他要什麼？一個擁抱？一個親吻？一次真實的接觸作為臨別的紀念？

她不說不動，看著他的看著她的眼睛，對峙著，突然感覺到，他這一走，是再也不會回來了。一股酸楚的柔情湧上來，堵在喉頭。

是的，你可以。

「算了。」他決定放棄，退後一步，肩臂僵硬地垂塌著：

「已經很好了。就這樣吧。我走啦。」

他轉身走了幾步，在轉彎時停下，揚起聲音：

「下次我回來，要喝妳的排骨蘿蔔湯！」

「一定！」

她聽見自己大聲的承諾，因他承諾了還要回來。

抱著花束，來到桌前，花瓶裡的粉色玫瑰已懨懨無力了。為什麼玫瑰只有三天的美麗？她把凋謝的花換過，一邊眺望窗外的綠蔭小道，邱遲騎著車，悠閒地穿越，他的紅色毛衣像盛開的紅玫瑰，一路飄飛，遠去了。

「為什麼你這麼喜歡騎腳踏車？」

「這是我的夢想，騎著車，吹著風。」

「你小時候騎車騎得好快，那次摔得不輕吧，我幫你上藥，明明很疼，你咬著牙不吭氣，很英雄呢！」

「虧得那一摔，才認識妳。」

「你們剛搬來，我們就知道了，你父親是教授，母親是畫家，家裡有兩個寶貝兒子。你很皮，你哥哥很靜，好像沒見過他，聽說身體不太好。」

「其實見過的。」

「是嗎？」

「是。妳請我們吃過牛奶糖。」

「啊。真的？」

「是森永的，小小一盒，好香。現在買不到了，我這次回來都找不著。」

「你也喜歡吃牛奶糖？」

「和過去有關的事，我都喜歡。」

「原來你是復古派。」

「我記得妳家院子裡有柚子樹，窗上有風鈴，有時候我躺著聽整夜的鈴聲……」

「聽整夜？你失眠呀？」

「那年妳十八歲吧？」

「差不多。」

「我爸媽常提起妳，都說妳是好女孩，他們本來想把我小叔叔介紹給妳。」

「真的？」

「可是，我們不喜歡他，覺得他配不上妳！」

「人小鬼大！你那時才幾歲？」

「十一歲了。」

「有嗎？我以為七、八歲，你看起來比較小。」

十二年後重逢。

他二十三歲，仍像個少年，而她已是三十歲歷盡滄桑的女人了。

她以為邱遲永遠是記憶中那個騎腳踏車的自在少年，卻在期末考最後一天接到他的來信。信是在飛機上寫的，轉機時投寄的。沒有稱謂，再不稱她為老師了。

> 假若現在不說，我恐怕沒有機會向妳懺悔，那將會令我不安。
>
> 請原諒。
>
> 這些日子以來，妳所以為的我，並不是真正的我。我有意讓妳把我當成另外一個人，而妳以為的那個我，已經去世了。他是我的活潑健康的弟弟邱延。我是那個安靜多病卻仍活著的哥哥邱遲。
>
> 我們的重逢當然也不是偶然，如果不告訴妳，我覺得不甘心。
>
> 請原諒。
>
> 我喜歡妳。

邱遲的第二封信來時，學校已放假了，她把學生的成績計算表送去系上，助教從成堆的信件中翻出一封。

「老師！妳的信，是不是邱遲啊？怎麼沒寄信地址？」

這封信長多了，說他已平安返抵家門。並告訴她，他的中文程度令她驚訝，是因為長久以來都是以中文書籍打發病榻上的歲月。若是邱延就不成了，他八歲便離開台灣，是個道地的美國人了。

她倚著研究室的窗讀信，不知道自己該有什麼樣的情緒。曾經供養過各色玫瑰的花瓶，此刻換成潔白碩大的香水百合，清香而且耐久，花朵面窗綻放，正對著綠蔭小道，像是一種守望。那騎車的少年已遠去了，而他又不是她所以為的那個人，她覺得怔忡，恍然若夢。

他曾在小徑上繞著圈子騎車嗎？曾在風裡撥撩那一綹遮住眼睛的髮絲嗎？曾捧來一束又一束玫瑰嗎？曾在聚餐時賣力刷洗鍋碗筷盤，並且聲稱自己是最好的洗碗機嗎？曾把小葳架在肩上，騎著車載小葳兜風嗎？

還記得那株好大的桂花樹嗎？長在妳家庭院裡，從秋天到冬天，甜甜的香著，細細碎碎的小白花，雨後便鋪散一地。那年我身體特別壞，有時整個星期，沒日沒夜，就在床上躺著，醒醒睡睡，都在桂花香裡。狀況比較好時，我便坐在窗前讀書，看著白衣黑裙的妳回家。有一個高高瘦瘦的大男生送妳回家。

那個秋天，妳非常美麗。

十八歲，她落進初戀的情緒，那個籃球打得好又能寫詩的男孩子，追求她而不是她身邊出色的校花。

「為什麼是我？」她傻傻的問。

「為什麼不是妳？妳很好啊。」他淡然回答。

她於是像桂樹到了秋天，不能遏止的馨香光華，滿樹繁花。

他們的戀愛因為爆出冷門，所以萬眾矚目，艷冠群芳的校花也矚目。

期末考之前，男孩突然說身體不舒服，不能一起去圖書館了。她獨自去了，因為寒冷的緣故，坐了半天便決定提早回家。搭公車準備換車時，在路邊騎樓看見男孩攬著校花，親密的走進情人雅座咖啡廳。

轟。她覺得腦中有什麼破裂開了，碎掉了，攏不住，救不得。

她沒下車，拚命把身子往裡面縮，蜷回座位裡，抖瑟地，用力揉擦自己的嘴唇。三天前他才拉她在桂樹遮蔽下，溫柔地吻了她。她為他的生日，用月曆紙摺了九百九十九顆星星，裝在玻璃瓶裡。他吻她的時候說：「妳真好。」

而他這樣待她。因為她好，所以得到這樣的對待嗎？

一夜冬雨，桂花落盡，化成了泥。

邱延騎車在妳家門口翻倒時，我正在窗前看著。本來要喊的，可是突然看見了妳，妳扶起邱延，笑著跟他說話，好久沒見妳笑了。那時是春天，杜鵑開得亂糟糟的。妳替邱延擦藥，很輕巧細心，我一直羨慕邱延能跑能跳，那一刻卻因為自己不是他而嫉妒憤怒了。

他後來跑上樓來，把妳送的牛奶糖分一半給我，我問他妳跟他說了什麼，他說沒什麼，我生氣的恐嚇他，若不仔細說給我聽，就要告訴爸媽他太頑皮，以後不准他騎車。他受了威脅，只好一句一句說了，我命令他以後要常常去跟妳打招呼，說說話。

那夜，我把牛奶糖含在嘴裡入睡的。

邱延說妳聞起來香香的，我說一定是桂花的香氣，他說他不知道，他只喜歡牛奶糖。

而我喜歡桂花的香氣。

邱遲和學生們到她的小公寓去，先到陽臺張望了一陣。

「什麼事？」

她那時已注意到他，因為他是來自遠方的選讀生，也因為他說出與她的一段淵源。

「怎麼妳沒有種桂花？」

「公寓裡不方便。」

「可是妳有桂花的味道。」

「啊哈！」一旁的學生起鬨：「老師是香妃，體有異香——」

她笑著看邱遲，做出一個無辜的表情。邱遲也笑，卻笑得悵然若失。

寒假裡，她帶著小葳到研究室去，給他粉筆和畫冊。瓶裡插著粉色玫瑰，她走過花店，看著玫瑰，猶豫要或不要，此刻已在瓶裡，像呼喚著舊日回憶。

她拆他的第三封信，仍是沒有寄信人地址的，是恐怕她去信制止他的來信嗎？

她其實在等他的信了，等著自己年少歲月的另一種輪廓，她一直不知道，某扇窗後有一雙孩子的眼睛在探看著。

他是孩子嗎？

其實，我早就不是孩子了。當我在窗內窺視妳的時候，已有了愛戀的情感。

出國那天，知道妳會來相送，我教邱延說了許多話，而他只顧著和其他的小孩告別，什麼都沒說。

她彷彿想起他們舉家移民美國的那個初夏，她和鄰居們圍著車子與邱家告別。邱延衝過來朝她嚷：

「姐姐再見。拜拜！」

她伸手想拍他的頭，他卻蹦跳著上車了。車窗搖下來，她看見一張陌生的孩子的臉，黑眼瞳幽幽地看住她。

大概是那個病弱的孩子了，她溫和地微俯身，向他招招手，說：「嗨。」是邱遲。如今想來，是邱遲。

他伸出手，像要與她招呼，又像要握住她，而車子開動，他落了空，緊緊攀住車窗邊緣。車子一路駛進陽光裡，像是融掉了。

是第一次見面，以為也是最後一次，有著訣別的痛苦。

我記得那天妳家燉著排骨蘿蔔湯，是我嚮往的。而他們說蘿蔔是涼性的，對我身體不好，我只有痴心的想望著。

邱遲告訴她，到美國之後，他的健康狀況果然漸漸好轉起來，邱延適應得更好。他們相繼進入大學，卻沒逃過一場意外的浩劫。意外發生時，死神帶走的不是邱遲而是邱延。為什麼會發生這樣的錯誤？不該死的死了，該死的卻活著。

在喪禮中許多來致哀的親友都以為死者是我。如果可以交換的話，我絕不遲疑，便把邱延換來，然而卻是不能夠了。我整天跑來跑去，總想有人能夠告訴我，這究竟是為什麼？

我為什麼活著？

小葳攀爬到她的膝頭，把畫冊翻到第一頁。

「媽媽！看！邱叔叔……」

邱遲替小葳畫了一個女人，一個男人，一個小孩，用注音符號寫著：「ㄇㄚˇ ㄇㄚˊ」、「ㄕㄨˇ ㄕㄨˊ」、「ㄒㄧㄠˇ ㄨㄟ」。她不知道他什麼時候畫的，而當她看見ㄒㄧㄠˇ ㄨㄟ一手牽著ㄕㄨˇ ㄕㄨˊ，一手牽著ㄇㄚˇ ㄇㄚˊ，雙眼忽然潤潮了。

後來我才知道，我活著，就是為了要回來，與妳相認。

窗臺的月色

除夕前一天，她才把房子內外清掃乾淨。哥哥來接他們的時候，她剛把邱遲的信拆開，看了幾行。

「大舅舅——」小葳叫著奔過去，攀著脖子往身上爬。

「哇！」哥哥一手兜住小葳：「媽媽給你吃什麼呀？這麼重。」

「快下來。乖！」

「不要。」小葳摟緊她哥哥的脖子。

她其實已經發現小葳對成年男人的需求與渴慕，這將會是她無法規避的問題。她把邱遲的信放在背袋裡，而那些字句卻跳動在跟前。

窗臺上有明亮的月色，總令我欣喜。因為我可以看見妳在院裡澆花，或者靜靜坐著發獃。我總是把房裡的燈熄滅，月亮替我點起一盞燈，把妳的面目照得好玲瓏，好柔美。

有一天晚上，我夢見妳坐在我窗前的草坪上，短頭髮，白衣黑裙。醒來時我推開窗，的確有很好的草坪和月色，卻不見妳。

那時我二十歲了；妳已做了母親。

自從父親過世，母親便和她的兄嫂住在一起。她哥哥房子大，每逢年節便接他們母子來吃住，嫂嫂熱誠隨和，孩子們玩在一起也開心。她把禮物交給嫂嫂和母親，順道問起母親記不記得以前老房子的鄰居邱家？

說起老房子母親的故事可多了，那房子住了二十幾年，上有天，下有地，種什麼樹都能活。說起柚子樹、葡萄、杜鵑，還有一大棵桂花樹，一到秋天，整條巷子都是香的……

嘩！孩子們紛紛嚷著：

「我們為什麼不去住有桂花樹的房子？」

「你爸爸把它賣啦！」

「爸爸為什麼要賣？爸爸好壞——」侄女撒賴地捶著哥哥。哥哥只尷尬地笑，並不分辯，也不閃躲。

「好啦。聽奶奶說。」母親把小女孩摟進懷裡：「老房子舊了，爸爸換了新房子，咱們住得才舒服，叔叔才有錢去美國深造。明白嗎？」

打了岔，又繞了半天才回到邱家。

「住不了多久就搬走了，好像移民了。是不是？像是。」

「記得他們家的孩子嗎？」

「男孩子嘛！好皮。說要烤番薯，把村邊一片矮樹林都燒了，在巷子裡丟球，左鄰右舍的窗子都打破了。他媽媽天天提著他給人賠不是。我記得，也是個混世魔王。長大以後，不知道怎麼樣了？說不定傑出得很！」

但他還沒來得及傑出或者長大，生命力極旺盛的孩子，早早地走了。

「還有一個，生病的孩子……」她提醒母親。

「好像有，總看不見人，他媽不許他出門吧，身子弱。」

「媽，妳記不記得他生什麼病？」

「什麼病呢？是不是氣喘？……不對，那是妳三姨的兒子。癲癇吧？」

癲癇嗎？原來是。

「啊！不對，那是武家老三。我想想，是心臟嗎？還是……疥瘡，哎！疥瘡是誰啊？」

「是小勝，妳連這個都記得。」哥哥在一旁接話了。

「還有個患腰子病的，他媽媽可苦了……」

「媽呀！」嫂嫂忍不住笑了：「怎麼誰得什麼病妳都記得？有沒有人得痔瘡啊？」

她和母親和哥哥面面相覷，而後爆笑出聲，一發不可收拾。前俯後仰的笑中，哥哥舉起手：

「就是我。老婆。」

小葳睡著以後，她洗好澡便鑽進母親棉被，小女孩時的習慣。

「累不累？」母親披衣坐起打量她。

「還好，過得去。」

「弟弟上次打電話來，說小葳的爸爸結婚了。」

「是嗎？」

「哼！他倒方便，又結婚了。」

「才好呀！至少不會再來煩我了。」

「他那麼狠毒，當初真該告他，讓他嘗點苦頭！」

「媽！」她翻身坐起，認真地：「他是病人！他有病。他如果不接受治療還會發病的。」

「他有病？有病為什麼不打自己？為什麼專對妳下手？如果不是打瘋了打到他們系主任，事情鬧開了，他還不知道要怎麼折騰妳。妳和小葳都得沒命——」說著，母親的淚洶洶地上來了。

「不會的，媽。」

我後來憎惡這樣的月光了，自從妳輕描淡寫說起那段不堪回首的過去，說每到月圓時便在陰影下輾轉哀泣。

她曾和學生們說起惡夢一樣的婚姻，因為一個女生被男友打斷了牙齒，而且這樣的傷害不只一次了。

「我那麼愛他，他為什麼這樣對我？」女生嚎啕大哭，悲痛欲絕。

「妳要離開他。」她忽然說，而後一連串地：「這太危險，太痛苦，太不值得——」

「老師，妳不知道……」

「我知道的，我真的知道。」她顫抖地握住女生顫抖的手。

一旁的女生圍過來：

「老師，妳是不是，真的……」

學生們會知道的，前兩、三年她常掛彩來上課，起先同事們還笑著問：

「怎麼又摔傷了？」

後來漸漸不敢看她，她也逃避他們。她的被毆變成大家的難堪了。她開始請假，躲著學校也躲著家人，但躲不開那個男人。那男人是歸國學人，大學教授，也是有暴力傾向的躁鬱症患者。是她的丈夫。

他是在結婚後三個月動手的，後來她才知道自己那時已懷孕。她去醫院與母親換班，看護重病的父親，稍稍耽誤了回家做晚餐的時間。他在房裡等她，劈頭兜臉一陣打，她全無招架，趴倒在地上，聽著他的咆哮，說她不顧丈夫的尊嚴，沒一點分寸，必須好好教訓一頓。他摔門出去以後，她爬到窗邊，舔著血腫的嘴角，不知為什麼並沒有哭。窗外有一輪圓月，寒氣直砭肌骨。

再見到母親時她說停電撞傷了，母親為父親的病已然心力交瘁。倒是父親敏感，她從瞌睡中醒來，父親正坐直身子打量她，目光炯炯。

「妹妹呀！妳實對我說，他是不是打妳？」

「爸！」她神魂俱摧：「沒有啊！不會的。」

「可是我總覺得不對。妳向來很小心，為什麼撞成這樣？我昨晚上夢見妳哭著說他打妳。」

「夢，怎麼準呢？別胡思亂想……」她扶著父親躺下。

「如果是真的，我真死不瞑目，是我把妳交給他的……」

「爸！」她攬抱住塌瘦的父親：「你安心休養，你放心，不要擔心我！」

月圓時他容易失控，她縮在牆角，緊緊護著肚腹，那裡面有個生命在成形，與她心意相通。她唱歌時，胎兒緩緩轉動；她挨揍時，胎兒緊張痙攣。

父親去世以後，她決心離開丈夫，卻不知道怎麼和家人說。她怕他們禁受不住她受的痛苦。而丈夫再度失控的衝動下，因猜忌多疑，打傷了他們的系主任。事情一連串抖露出來，她的家人幾乎要崩潰，她是一個鼻青臉腫的臨盆女人。

「為什麼瞞我們？」母親一聲聲地問。

「不想你們擔心……」

「擔心？我們的心都要碎了！我們都活著，讓妳受這種罪，我怎麼跟妳爸爸交代？」

哥哥像困獸，在她床前踱著步子。弟弟也飛回了台灣，是他介紹了學長，替姐姐牽線作媒，如今要回來給家人一個交代。

她抓住暴怒的弟弟，產後縱使虛弱，頭腦卻很清楚。

「不要找他麻煩，我要離婚，我要孩子。」

事情發生得很快，他辭了職，與她辦妥離婚，離開台灣，放棄了孩子。

當她儘量不動聲色的說著往事，邱遲忽然站起身走了出去。

我逃了出去，因為無法承受妳所遭遇的，尖銳的痛楚令我忍不住號叫，我奔進樹林，一種無可奈何的絕望凌遲著我。我瘋狂地騎車亂竄，任惡風切割，直到冷汗涔涔。

黃昏我到研究室去，看見妳環抱著另一個不知為什麼而哭泣的女生。我看著想，妳的愁苦和傷痛，誰來安慰呢？

她看見他站在陽光顆粒舞動的門口，好像他也是夕陽的一部分，有著一種深切的憂愴。

「邱遲。有事嗎？」

原本在人群中霍然離去，令她錯愕。而他又返來，或許會有解釋說明的吧。

他看著她，緩緩搖頭，把手插進褲袋，走開了。像是夕陽走過廊簷，天便黑了。

妳令我快樂，也令我悲傷。

假若沒妳的允許，不能說「愛」。那麼，至少我可以說：喜歡。

我喜歡妳。

這一回，不請求妳的原諒。

永恒的玫瑰

過完年，小葳留戀著舅舅家，和表哥表姐難捨難分，而她堅持要回家準備新學期教材，便獨自一人回到小公寓。信箱裡是空的。她在下午趕去研究室，掏了掏空無一物的信袋。坐在桌前，才面對事實，她在等他的信。

如此急切，如此躍動，她在等邱遲。

學期開始，她便在課堂上熟悉的學生中看見陌生的邱遲。寬大的白襯衫，及膝的花色短褲，旁分齊耳的黑髮，是助教們討論的那個美國來的選讀生了。

他們那天談的是情詩的賞析和寫作，照例要學生們談愛情。直教人生死相許——有人還這麼信仰。情天轉瞬成恨海——有人根本嗤之以鼻。

而邱遲舉手發言，他撩一下垂落眼前的髮絲：

「愛情沒得選擇的，快樂或者痛苦，都要承受。因為愛人或者被人愛，都是上帝的祝福。」

學生們鼓掌喝采，倒不見得是贊成，而是驚異於他的流暢優美的表達能力。

她也詫異，因他說這話的懇切篤定，與他年輕的外貌太不協調。

後來一些課堂內外的討論，他們斷斷續續仍談過一些。

「年齡的差距很重要嗎？」好像是個女生問的。

「因人而異吧。對我來說，二十幾歲時的想法還不成熟，現在三十歲，很多事就明白清楚了。」

「那也不難。」邱遲笑著：「只要活著，總能到三十歲，如果三十歲很重要的話。」

「對我來說，是很重要的。」

「如果有人的生命太匆促，只好在二十年內過完五十歲呢？生命的長短與心智的成熟，有一定的比例嗎？」

那些話語此刻異常清晰深刻。

她站在窗前環抱雙臂，輕輕在心裡唸一個名字。

那條綠蔭小徑，曾經邱遲載著小葳駛過，他們一齊轉頭向窗內的她招手，不知是否是錯覺，她聽見他們和諧歡樂的笑聲。那一刻，她清楚記得心中怦然感動。她的親愛的小王子和那個來自過往歲月的大王子，兩個好看的男孩，飛翔過她的窗前。她睜睜看著，在玫瑰花的馨香裡，努力記憶。

「玫瑰花太容易凋謝了。」她對邱遲說。

「美麗、短暫，好像愛情。所以要常常換新，才能長久，也好像愛情。」

「喜新厭舊。男生都是這樣，邱遲也一樣。」有女生在一旁抗議。

「不是啊……」邱遲想解釋。

「我懂得。」她忽然說。

女生們仍議論紛紛，而邱遲停住了，他聽見了她的話。她聽懂了他的話，何必再費口舌？

他於是緘默不語，在一片浪潮的喧嘩聲中，看著她微笑。

她翻找學生留下的通訊資料，沒有邱遲的。她記得他有外婆，外婆家在新竹還是豐原？要怎麼才能探聽他的消息？有一天，她焦躁的無情無緒，有很深的悔恨，她一直刻意忽略他，此刻竟無線索可尋。

為什麼刻意忽略？是因為一直就知道的。

她一直知道，只是假裝不明瞭。

我可不可以……在夢中，在睡與醒的邊緣，常見他臨別時向她伸展手臂，向她請求。

已經很好了。就這樣吧。

她的心情漸漸平靜下來，是一種充實飽滿的安寧，不是枯槁的灰澀。

邱遲的來信，她拆著，急莽地撕毀了漂亮的郵票。

因為怕是最後一封信，反而下筆艱難。過完舊曆新年，我就去醫院動一個大手術。半年前知道要動手術，我只提出一個心願，讓我回台灣去看看。

看見妳以後，才發現我要的更多，對生命的眷戀更深。

在我殘餘的知覺中，將唸著妳的名字。因為妳是我半生的戀人。

她恍然明白自己那天惶亂紛擾的心緒，正是他被送上手術檯的時刻。

他的意念強烈地感染她了。

這個手術是救命的，也可能是致命的。它令我勇敢，也令我怯懦。它令我自私的坦露了情感，卻也懊悔對於妳的干擾。

如果我走了，請妳就當我從不曾存在吧。當我是邱延，或是窗內隱藏的孩子。把我忘記。我真心的請求。

但若我活了過來，若上帝允許了我，健康的活下去，妳是不是也能答應我，回到妳身邊，不只是喜歡妳而已？

上帝。祢允許了他嗎？

她準備了禮物去哥哥家過元宵節，車子行過熱鬧的假日花市，她忽然說想買一盆桂樹。哥哥說公寓裡怎麼種桂樹？她說她真的想要，她說她喜歡桂花香。哥哥靠邊停了車，去替她挑桂樹，卻不明白這樣一件小事為什麼讓她轉眼淚。

手術成功以後，大概需要一段休養時間。然後，我將去找尋妳。或許是秋天吧，桂花都開了。
妳快要忘記我，而我就來了。

（選自一九九九年《喜歡》）

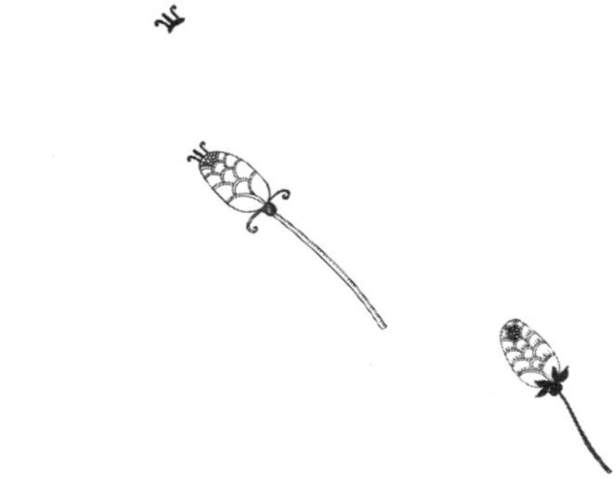

12：15 蘭花小館

那雙眼眸，不只是擔憂，還有憂傷。
那是一張表情相當豐富細膩的臉孔，
她還記得初相遇時，那臉孔幾近遲滯平板。

12：10辦公室牆上懸著的電子鐘，跳出這個數字，喬琪從座位上站起來，像得著了赦免令一樣。雖然公司規定，十二點到一點鐘是用餐時間，可是，以前十二點一到，她準備出外用餐的時候，老闆娘就會含笑說道：

「現代新人類果然是有效率，一點時間都不肯浪費在公司裡。」

喬琪聽出裡面的諷刺，卻不知道如何是好。老闆多半在外面談case，向她交代事情的時候，也都客客氣氣，擔任會計工作的老闆娘卻每天來盯梢，很怕喬琪偷懶、不用心，壞了公司的紀律。其實，公司只有她一個員工。

喬琪決定每天中午12：10才出外用餐，老闆娘看見她一直忙碌到12：09，總是忍不住滿意的神色，彷彿她仍是孺子可教也。她自己倒不是很在意午餐時間減少十分鐘，反正這裡四方十里之內，既沒有商店街也沒有小公園。她從新建的辦公大樓走出來，穿越馬路，每一天都可以準時在12：15抵達蘭花小館。

這是一間開張沒多久的泰式料理店，整面的透明玻璃牆，可以看見喧嘩著、圍桌而坐的用餐的人群。緊貼著玻璃的一張小桌檯，她總看見男人獨自坐著，閱報的側影。她每次都在街的這頭，便捕捉到他的身影。有時，她會貼靠在玻璃外，直到他猛然抬頭，驚詫地看見她，然後，歡悅地笑起來：

「妳啊，真頑皮。」他的笑意一直持續到她在他身邊坐下。

「誰叫你這樣專心，天塌下來了也不理。」

「天塌了不要緊，我們有午餐吃就行了。」

「快點，快點，今天吃什麼？我快餓扁了。」

她像個小女孩似的跟他撒嬌，他也總能點出令她滿意的菜色。

他們不是情人，不是朋友，只是同桌吃飯的人，如此而已。

喬琪覺得中國人只說同船渡，共枕眠，怎麼不說同桌吃飯是怎樣的一種緣分？應當修幾生幾世多少年？

喬琪酷愛蘭花小館，是因為看見他們推出的一百二十元特餐，可以選一個菜，附湯和甜點。那天，她走進去的時候，每張桌檯都有人占著，親切的老闆娘過來攬住她：「別走，不如併個桌吧？」

老闆娘很快的張羅一副餐具，到只有一個男人坐著的桌檯上，正貼著玻璃邊的座位。她願意與人併桌，是因為附近的小吃店都吃過了，那些食物令人生而無歡；這裡的美食卻使人死亦無憾。她坐下來，有禮貌的對看報紙的男人說：

「真是不好意思。」

男人文風不動，一點反應也沒有。在寂靜的沉默中，喬琪轉頭尋找，會不會有空出的座位，便不必與這人同桌。

「妳和我說話嗎？」男人忽然從報紙後面探出頭來。三十到四十歲之間的年紀，臉上表情很單一，五官平和的舒展著。反應肯定是遲鈍的，喬琪下了個結論。

「我說，不好意思，占了你的桌子。」

「哦，不必客氣，這桌子不是我的，我只是剛好坐在這裡。」

喬琪勉強擠出一個不自然的笑容，這人說的都是實話，只是聽起來很沒人情味。她仍懷著喜悅的心情，點了涼拌牛肉套餐。菜很快送上來了，已經聽見肚子呻吟聲的喬琪，撈起一筷子牛肉洋蔥和番茄，就往嘴裡送，微微瞇起眼感覺那種酸酸辣辣的口感。當她睜開眼，赫然發現對面男人已收起報紙，正盯著她看，她忽然停止咀嚼，吞嚥也變得困難。在她吃得這樣忘情的時候，這個人，未免，未免太沒禮貌了！

侍者送來湯和飯，喬琪喚住侍者：

「我點的是炒飯，不是白飯。」

侍者去櫃檯查詢，男人環抱雙臂，看好戲似的靠進椅背。喬琪在這短暫的空白裡，又吃了一大口涼拌牛肉。侍者走過來了，他看著喬琪和男人：

「你們不是一起的？」

男人搖搖頭。

「當然不是啦！」喬琪喊出聲。同時，感覺一片烏雲罩在頭上，有了極不祥的預感，難道，忙中有錯……

「這是先生的，小姐吃錯了！」侍者冷靜嚴肅的宣判。

喬琪的臉在一瞬間腫脹起來，她的嘴裡還有殘餘的，別人家的牛肉。

「真是，不好意思！」她將菜和白飯全推到對面，看見盤裡缺了一角的牛肉，又忙拉回自己面前：「我吃了你的肉，待會兒你再吃我的……牛肉吧。」

這一餐真是吃得彆扭，桌檯本來就小，低著頭吃飯的時候，頭差不多要頂住頭了，抬起頭來的時候，眼光就不可避免的相遇了。既不方便相視而笑，也不該愁眉以對。只好沒表情，假裝對面沒有人。

第二天，老闆娘又將她引到同樣的座位，同樣看報紙的男人。為了感謝他昨天的寬宏大量，沒給自己難堪，喬琪很開朗的和他打招呼：

「嗨。」

「嗨。」男人仍沒啥表情。

點菜的時候，她很費了一番心思，絕不要與男人重複了。

「涼拌牛肉！」侍者將菜放下，看了看他們倆，加重語氣的說：「這是先生的。小姐的馬上到。」

喬琪簡直不敢相信，這男人竟會和她一樣，點昨天吃過的菜。難道，他也在避免與她重複嗎？

「無所謂，反正都一樣。」男人說。

喬琪可不會再像昨天那樣急躁了，她微笑著，捧起水杯喝水，嗅著淡淡的檸檬香氣。

兩個人各自吃著牛肉時，男人抬頭注視喬琪，好像有話要說。喬琪嚥下食物等待著。

「他們用檸檬的酸味，用得剛剛好，所以牛肉和洋蔥吃起來都是甜的。」

男人很慎重其事的說。

喬琪停了一會兒，附和地說：

「是呀。檸檬。」

她真的不知道該接什麼話，尷尬地，低下頭，專心誠意將牛肉和洋蔥全部殲滅。

第三天，喬琪看見一張空著的桌檯，興奮得眼淚都快奪眶而出，她即將落坐時，老闆娘旋風一樣拉住她：「這裡空調會滴水，我們已經找人來修了。」說著，將她引到男人那一桌：「還是坐這兒吧！」

男人收起報紙和她打招呼，抬抬下巴，他說：

「12：15好準時。」

她忽然有一種奇特的感覺，雖然只是偶遇，但這男人總在這裡用餐，在這張桌檯，倒像在等待著她似的。驚惶或者尷尬的感覺漸漸消失，男人看著她的眼神裡，有一種安靜的光。

「咖哩花枝。」她點了菜。

「哦，不好意思，我們要商量一下。」男人對侍者說。

「你們……」侍者疑惑地：「是一起的哦？」

「你也點了咖哩花枝？」喬琪問。

「是啊。真巧。」男人嘗試地：「所以，我在想，也許我們可以一起點菜？」

「可是，我們不認識呀。」

「沒錯，可是，認識的人也不一定可以一起吃飯。」

喬琪想不出什麼話來反駁，她被說服了。他們點了咖哩花枝和鹹魚芥藍，多了一個菜，果然吃得更開心。因為覺得自己付了一份錢，所以，喬琪吃得很盡興，完全不需要矜持，連花枝盤裡的芹菜都一根根挑出來吃了個一乾二淨。

「合作愉快。」男人說：「明天見。」

喬琪心滿意足的穿過街，往辦公大樓奔去。

一同點菜的第二天，喬琪自己走向男人的桌檯，像相識許久的朋友。男人作主，點了椰奶辣炒嫩牛肉和泰式空心菜，並且建議她吃白飯：

「用牛肉醬汁拌飯吃，味道好極了。」

她將濃稠的赭紅色椰漿包裹白飯，緩緩送進口中，忍不住瞇起眼含納著從舌上層層滾動，貫穿至腦門的醇香。有一陣子無法思考或言語，被一種幸福的氣味圍攏，頰畔漸覺痠軟，湧起欲淚的情緒。

她抬起頭，圓圓的眼睛裡異常璀璨晶亮，望著男人，不能言語。

「我就知道，妳會喜歡的。」男人滿意的微笑了。

喬琪也笑起來，一邊笑一邊點頭。素昧平生的男人，為什麼竟會這樣準確的知道她喜歡什麼呢？

「什麼時候開始，發現自己是個美食主義者？」男人後來問。

「我一直不知道，是你告訴我的。」

「我第一次看妳吃涼拌牛肉的時候就知道了。」

喬琪大笑：「那是餓死鬼投胎！什麼美食主義啊。」

「是妳吃牛肉的時候，那種全心全意感受的模樣。」

喬琪想起男友說她吃飯的樣子很性感，她那時調侃自己：「什麼性感啊，根本就是有我無敵。」現在才明白，就像男人說的，「全心全意感受」，那麼，男人是否也覺得她很性感呢？男人的胃口沒她好，多半的時候，都在看她吃，她一向吃得津津有味，男人的眼裡有讚賞。

喬琪告訴男人，她為了逃避老闆娘，所以每天一定出來吃飯。男人告訴喬琪，他為了逃避員工披薩的午餐之約，所以一定出來用餐。

「當老闆也是很可憐的。」男人說：「我真的很怕起士的味道，像臭襪子，所以，吃完飯我還在這兒坐一會兒，等臭襪子沒那麼臭了才回去。」

「我可不行，一點整必須進辦公室，不然，老闆娘會說，妳還是帶便當好了，出去吃飯太浪費時間了。」

「如果妳來我公司做事，我們就可以一起吃飯了。」男人忽然說，看起來挺認真的樣子。

喬琪明白這種邀請的意涵，她挑起一筷子豆芽，從容不迫地：

「那可不行，因為你是不跟員工吃飯的，我呢，也不跟老闆吃飯。」

「說的也是。」

男人拿起水杯喝水，那天他吃得特別少。

喬琪從不問他私人的問題，結婚了沒有？幾個小孩？夫妻感情好嗎？為什麼看起來好像很寂寞？

她仍與男友時時約會共餐，只是再不肯吃泰國菜了。她生日前一天，男友訂了泰國菜的位子，她卻苦苦哀求：

「拜託，不要吃泰國菜，吃日本料理好不好？拜託拜託……」

「怎麼忽然轉性了？以前最愛吃泰國菜的？」

「不是和你說過，中午都吃泰國菜嗎？」

「每天中午都吃？」

她轉了轉眼珠，點頭。

「吃泰國菜可以抽獎嗎？還是，妳愛上那個帥哥老闆啦？」

「什麼帥哥老闆？」她變得緊張兮兮。

「餐廳老闆呀。」

「哦。」她如釋重負地：「她已經有兩個小孩了，而且不是老闆，是老闆娘啦。」

「吃那麼辣的東西，當心傷腸胃。」男友疼惜地揉揉她的短髮。

他們從學校相戀至今，已經快五年了，連外島服役不能相見的苦楚，也熬過來了，彼此相屬變成了一種信念，她的信念從未動搖。

第二天她仍與男人共同午餐，一起點菜。男人忽然拿出一朵紫色玫瑰給她，她嚇了一跳：「你怎麼知道？」

「什麼？」

「你不知道？」

「什麼事？」他想了想：「妳的生日？」

「是呀。」喬琪笑著，忍不住的快樂。

「生日快樂。」

「這附近根本沒花店，你去哪裡買的？啊，我知道了，今天你們公司辦發表會，有很多花籃，你是從花籃裡……」

「這是我種的。」男人說。

喬琪的諧謔的笑意僵在唇邊：

「你自己種的？」

「我種了很多玫瑰，各種顏色的玫瑰，紫色最不好種，花也開得少，我想，是我還沒摸清它的性子。今天這朵快開了，就帶來送給妳，沒想到正是妳生日。」

喬琪悄悄打量他的手，骨節廲大，手掌厚實，她想像他溫柔地培土澆水，種植嬌弱的玫瑰；想像豔麗的玫瑰花在他指間顫動，渴望撫觸，她的心臟不正常的鼓鼓躍動，她的身子隨之抖慄了一下。

那天午餐剛吃完，男人就趕她走：

「早點走吧，妳過馬路，我看了都提心吊膽。」

喬琪這才知道，每一次她過馬路，都有一雙擔憂的眼眸在凝視。

那天她穿越馬路，忽然在街心停下，轉身對玻璃裡的男人揮手，男人舉起手露出微笑，她看見那雙眼眸，不只是擔憂，還有憂傷。那是一張表情相當豐富細膩的臉孔，她還記得初相遇時，那臉孔幾近遲滯平板。

她將紫玫瑰插在自己細長的水杯裡，整個下午心中恍然若失，說不上來是怎樣的感覺，反正不是快樂的。

過了兩天，老闆說要和喬琪開會，她早覺得有些不對勁，老闆娘好些天沒來了，公司電話響個不停，都在找老闆「還錢」，語氣很不好。老闆在12：04進了公司。

「妳還沒去吃飯，那太好了。」

老闆從公司創業理念，談到末世紀全球性的經濟恐慌，談到行內的殘酷，人心的狡獪……喬琪隱隱感覺到，她要失去這個工作了，她要失業了。可是，這些都比不上她的另一個焦慮來得真切，焚燒著她的神經末端，使她坐不住。12：25了，12：35了，他也許還在等她，他一定還在等她……12：40，她猛然站起：

「請給我十分鐘，我馬上回來。」

老闆以為她要去廁所，她卻一直衝進電梯，衝出大廈，在馬路的這一頭，便看見窗邊的男人，他果然在等她。男人看見她，迅捷起身跑出門，她飛快穿越馬路，他們在店門口站立，彷彿應該有個擁抱或者親吻。男人的臉色寫著焦急驚慌：

「發生什麼事了？妳怎麼了？」

她猜想自己的臉色必然也是灰敗的，她喘吁吁地：

「我和老闆開會，怕你等我……」

「只是這樣？妳真的沒事？」

喬琪點頭。

「那就好，妳沒事就好了。」

喬琪抬眼看他，這好像是第一次，看見他站起來的樣子。以前每次看見他，他都坐在預定好的座位上，好整以暇的等著她，從沒見過他失措的舉動或神色。

「要不要吃點東西再走？」男人溫柔的問。

「不好意思，我，我……」她想告訴男人，不要再等她了，她以後可能不會來了，但，她說不出口。

「又不好意思了？」男人縱容地笑著，緊張之後鬆弛的臉部線條，特別柔和：「公司有事嗎？」

「是呀，狀況不太好吧，我想。」

「那，妳有什麼打算？」

「我呀，趕回去開會囉。」她笑嘻嘻的：「走嘍。」

過馬路之前，轉身對男人說：「再見了。」

「嘿！」男人喚她。他們一直不知道彼此的姓名，誰也沒問過。

「有任何需要幫忙的，來找我。」

喬琪深深注視著男人：

「你多保重了。」她說。

面前疾速駛過的大小車輛，把馬路變成一條波濤洶湧的怒河，她將涉水而去。男人對她點點頭，有一種瞭然的神態。

他們再沒說什麼話，蘭花小館和男人和12：15都在身後了，她甚至沒有回頭。回到公司，她很清楚的對老闆說，她知道公司無法營運下去了，她只想利用下午收拾東西，明天就不上班了。

後來，喬琪找到一份更合意的工作，同事都要跟著她去吃午餐，因為她總能穿街越巷，找到好吃的東西。也有人讚歎地：「喬琪，妳怎麼找到這些好吃的東西的？」

「我是美食主義者啊。」她如此回答。

「妳什麼時候變成美食主義者啦？」男友覺得很好笑。

「就在你不知不覺的時候。」喬琪神秘兮兮的說。

她不會忘記，12：15蘭花小館，發現了自己是一個美食主義者。

（選自二〇〇〇年《彷彿》）

彷彿

城市裡吹起一陣春天的風，這風來自芬芳的山谷。

彷彿，你從不曾離開。彷彿，我們仍然相愛。

她緩緩醒來，首先嗅聞到白色床單被陽光烘烤過的氣味，然後，感覺到軟綿綿的枕頭，蓬鬆地、溫柔地托著她的頭，她看見晨光裡自己纖細的手指，這一瞬間，她忽然被幸福所包圍，所充滿。是的，就是這樣的一個甦醒，她曾經微笑著醒來，在愛與被愛的情緒中。

曾經。意識到一切都已經過去的剎那，她被哀傷狠狠鞭笞，都過去了，一去不返啊，她縮起身子，微微顫慄。

「哇，這是蝦子耶……」甥兒樂樂的聲音在門外響起。

她可以想像，樂樂撿起工作檯上剝去殼的蝦子，端詳著，壓捏著的樣子。

「嘿，樂樂，別動，爸爸不是交代過，不要動星子阿姨的東西嗎？」姐姐隨後趕來，大約是從樂樂手上取下了蝦子。

「媽我跟妳說哦，這個蝦子是假的耶。」

「這是你阿姨做的，很像真的啊。」

「很像真的，可是，還是假的啊！」他們母子倆的聲音愈來愈遠，應該是離開了工作室了吧。

星子翻個身，想再度睡去，如果不睡，她不知道該做些什麼。

她或許睡去了，或許並沒有睡去，她看見自己走進社團放映室，摸索到一個空位子坐下，安靜地看著投影機投射出來的春天星座圖。介紹星座故事的陸正宇正站在屏幕旁的陰影裡，講述著大熊星座和小熊星座的故事：

「宙斯變成森林美女柯麗絲多最信任的人，騙取了她的感情，還使她懷孕。」

「男人不都是這樣的嗎？」一個女生嘲謔地插嘴，其他人都笑起來。

正宇也笑起來，他說：「並不是所有的男人都這樣的啊。」

他明明站在陰暗裡，卻那樣輝煌閃亮，星子常常希望他不要這樣強烈地存在，不要這樣專橫的攫取她全部的心思與注意力。

「宙斯善妒的妻子將無辜的柯麗絲多變成一隻大黑熊，二十年後，柯麗絲多的兒子在森林裡狩獵，遇見了大熊，這位熊媽媽張開雙臂要擁抱苦苦思念的愛子。她的兒子卻被奔跑而來的大黑熊嚇壞了，他拉滿弓，瞄準了黑熊的心臟……宙斯在天上看見一切，他將兒子變成一隻小熊，把這對熊媽媽和熊兒子一起帶到了天上，這，就成了我們看見的大熊和小熊星座了。」

她發現自己的雙眼潤濕了，不能表達的情感，是何等艱辛而又何等悲哀啊。每一次聽他說故事，總是莫名的感動或感傷，他的聲音很能打動她，可是，即使他不說話，依然可以打動她。

「嗨，妳果然來了。」當人群都散去，他看見她，並向她走來。他微笑著，右頰上的酒渦陷下去，她常常想測量那個酒渦的面積，用自己的食指，也許，得用大拇指。

她貼在枕上的手指輕輕動了動……她一直沒有機會測量，即使是他靠她最近最近的時候，她也沒機會。

你好嗎？

我回來了。整整九年，我曾經以為自己會一輩子待在日本了。

用著不同的語言，過著不同的生活，大家都認為這樣對我的病會好一些。

我學會了一些生活的技能，用矽膠做食物模型，不管是顏色或是形狀，都幾可亂真呢。我最得意的是味噌麵的湯汁，很有透明感，連味噌的沉澱物也能表現出來。至於牛排啦，明蝦啦，雞腿啦什麼的，簡直是雕蟲小技了。

如果，你看見現在的我，會不會覺得驚奇呢？

星子去看了父親，父親住在安養院，一個月五、六萬元的費用，使安養院更像個五星級飯店。她到的時候，父親正在三溫暖室裡做按摩。她在父親房裡等待著，這是奶黃色的溫暖住所，父親的書一排排沿著牆壁站好，黑色電視機站在另一邊的架子上，半開的衣櫃裡，內衣和襪子都一層層地安放整齊，有樟腦丸的氣味。她在床上坐下，而後懶懶地躺下來，轉側間瞥見床頭小櫃上放置著兩張相片。

大一些的是最後一張全家福，母親和父親交握著手並肩坐著，姐姐和哥哥站在父母身後，哥哥戴著學士帽，他是家裡第一個大學畢業的孩子。至於她呢，父母最鍾愛的星子，那年只有十六歲，蘋果臉上嵌著一對大眼睛——這就是為什麼她的名字叫星子——她愛嬌地伏在父親和母親的膝頭。她一直是任性撒嬌的，不知道為什麼全家人也都覺得她應該是驕縱的，可能因為她是模樣長得最好的孩子，可能因為她是老么，可能因為母親的猝死，讓大家對她更多憐愛。就在那一年冬天，母親因心臟病去世。父親一直沒有再娶，沒有情感生活，星子知道他不是不願意，而是不能。他太愛母親了，使他喪失了愛的能力，這一點，星子相信自己遺傳了父親，無可救藥。

小一點的相片，是星子去日本的第三年寄回來的。第一年和第二年，父親都去探望她，她陪著父親去嵐山嵯峨野，他們在渡月橋邊的綠草地上野餐。第三年，姐姐結婚，父親忙碌著，沒能去日本，她的身體很弱，也沒回來參加婚禮。秋天的時候，她以滿山紅葉為背景，請姑母替她拍了一張相片，寄回來給父親。她的嘴唇緊抿著，靠在橋頭，雙臂環抱住自己的身體，因為製作不出更像豆大福的模型微微苦惱著，那時候，她已不是個任性的女孩了。

半掩的房門忽然開啟，父親精神健爽的走進來，一邊回頭看著身後。星子翻身坐起，看見跟著父親走進來的一個嬌小的，髮色銀灰的女人。他們看見星子的時候，都有些錯愕。

「怎麼來了？」父親握住搭在頸上的白色毛巾。

「我是，剛好到附近來看朋友，所以，沒先約好，就來了……」

「哦，這是，這是我的朋友，吶，叫聲吳阿姨吧。」父親望著身邊的女人，用刻意輕鬆的語氣說。

那女人手中拿著一束金盞菊，打量著星子，臉上掛一個禮貌的微笑。星子稍稍點頭，說：「妳好。」她還不習慣叫阿姨。

「我的小女兒，在日本好多年，跟她姑母回台灣來發展的……」父親補充說明。

「你們好好聊吧，我先走了。」女人熟練地從父親的櫃子裡取出花瓶，將花插進去，放置在床頭，施施然離去了。

「呃，我的朋友。」父親看著女人的背影說。

星子想，父親真的老了，他忘記這句話已經說過了。

他們在餐廳共進午餐，父親點了菲力牛排，她只想吃凱撒沙拉。

「只吃青菜不行的，看妳現在瘦得……」

「爸爸，你的胃口變好了。」

「是嗎？可能是因為這兒的活動多，老年人需要活動，不然就生鏽啦！」

他們沉默地進食，星子覺得自己咀嚼青菜的聲音太大了，於是，停止下來，看著吃得津津有味的父親。

「姑母的工廠什麼時候開始？」

「我們還要再設計幾款樣品，然後就可以大量生產了。」

「很好，不錯啊，真不錯。」

「爸，我不想住姐姐那裡，我找個房子，我們一起住，好不好？」

「怎麼，為什麼，姐姐、姐夫說要照顧妳的……」

「不是，他們都對我很好，可是，我想，我想有自己的地方住，我都已經三十歲了，我們倆可以住在一起，我不想你住在安養院。」

「星子，我……」

「你什麼都不用煩，我會去找地方，我去和大哥和姐姐說，他們一定可以瞭解的。」

「星子，妳聽我說，我不想搬走，我也想要有自己的地方住。我喜歡住在這裡，妳已經三十歲了，我的小女兒都已經三十歲了，我真的想過自己的生活，我在這裡很好，很快樂。妳明白了嗎？」

星子靠進椅背，她的眼光調向玻璃窗外的一叢叢金盞菊，輕輕地點點頭。

「別掛念著我。妳還這麼年輕，去，去找找朋友！」父親拍拍她的手背。

我沒有朋友。你知道的，我和所有的朋友決裂了，因為我的任性，因為我的執迷不悟。我似乎曾經有過好朋友，她們都勸我不要再去糾纏你。多麼奇怪的用詞，糾纏，是我在糾纏你嗎？你對我毫無念惜，一切都只是我的胡思亂想？都是我的自作多情？我不相信是這樣的，可是，除了你，沒有人知道事實的真相。

「星子，妳叫做星子？好可愛的名字。」第一次，正宇看見星子的時候，就這樣對她說。

「只是名字可愛？人不可愛嗎？」星子常常聽見讚美，可是，她覺得正宇的還不夠，她對他有貪求。

「學長，我跟你說，星子是我們班的班花，也是一朵超級自戀花！」社團裡的同學清香說。

「漂亮的人，通常都是自戀的，是不是？」正宇看著她笑。

她將他說的話，解讀做另一種方式的讚美。

原本會參加「觀星社」只是覺得好玩，看見指導老師陸正宇之後，一切就不同了。其他的男孩子都看著她，她只看著陸正宇。「觀星社」忽然熱鬧起來了，明顯的陽盛陰衰。

「喂，正宇學長已經有女朋友囉，是我們大三的學姐秋眠，她人很好哦，妳別作怪。」清香不只一次警告過她。

「很抱歉，我只對他的星星感興趣，我忙著驅逐身邊的蒼蠅都來不及了呢。」她每次都這樣說。

可是，這不是事實。她一直在試，試著讓自己引起正宇的注意。那一次，社團到桃園的山上觀星，天黑以後，天上綴滿星星，她和其他的社員一起從木屋走向營地。好幾個男生發現她只穿了一件薄薄的毛衣，在春寒中微微抖瑟，他們爭先恐後要把外套脫給她，她一律謝絕。

「我才不穿臭男生的衣服。」她的嫵媚神態與嬌嗔，讓他們被拒絕了心裡還是甜滋滋地。

到營地的時候，她看見正和社長說話的正宇，他其實從來不是她理想中的男人的形象，他不夠挺拔，不夠俊朗，可是，他的身上恰恰有一種篤定的安適自在。她站在離他不近也不遠的地方，她不想刻意接近他，可也不想他真的看不見她。她不和別人說話，眼睛看著別的方向，渾身神經卻緊緊繃著，專注地感覺著他的位置和移動，他似乎向她緩緩走過來了。她的身體與心靈，像一根琴弦，下一刻就要扯斷了。他終於走過來，脫下自己的厚外套，搭在她身上，又走開了。一件外套的掩覆，使她鬆弛下來，琴弦被放開，發出「嗡……」和諧溫柔的共鳴。

圍成一個圓圈坐在地上，聽正宇說星星的故事的時候，她一直微微偏著頭，下巴扺在外套領子上，彷彿嗅聞到乾草被陽光曬香的氣味。這是他的氣味。

她的快樂到了極致，回到學校裡，她還是沉浸在一種醺然的情緒中，一個人莫名其妙地微笑起來。她想送他一個禮物，送什麼呢？巧克力？太尋常了。圍巾呢？要到冬天才能用。鋼筆？太老套了。她還沒確定該送什麼禮物給他，就看見他送秋眠來學校，臨別時親吻秋眠的面頰。她的感覺像被斧頭狠狠砸了一下，不能令她死，卻令她痛苦到瀕死的地步。她管不住爆發開來的情緒，她拿身邊的男孩子出氣；她以不上課不去社團來賭氣，她沒法吃飯睡覺，迅速的消瘦了。在課堂上因為遲到和老師發生衝突，所有人都找不到她。最後，找到她家去的是陸正宇。

「我不想上學了。」她的臉色很陰沉：「我想去日本。」

「去唸書嗎？」

「我都說不想上學了，唸什麼書？」

「那麼，去日本做什麼呢？」正宇好脾氣的問。

「找個懂得看星星的人，把自己嫁掉算了。」

「懂得看星星的人，不見得懂得妳。」

星子覺得他是懂得的，懂得她的情感，只是，他沒有勇氣，沒有勇氣接受她。

「我下禮拜就辦休學了。」她就是要激他。

「不唸書真的不會比較快樂，像我這個社會人，最懷念的就是大學生活。」

「我下個月就要去日本。」她愈說愈有一股壯烈的情緒。

「那麼，我就看不見妳了。」

他的回答，確實令她有些訝異。

「反正也不重要。」她悶悶地。

「在妳眼裡，好像什麼都不重要。我只希望妳可以好好過生活，而且，我覺得這件事很重要。」他站起來要走了。

星子忽然叫住他，她問，如果自己再回學校去，可不可以每天打電話給他？

正宇微微側頭，彷彿有一絲笑意，他說：

「等妳回來了再說吧。」

她在他說大熊與小熊星座的那一次回到學校，他對她說：「嗨，妳果然來了。」

「給我電話。」她似笑非笑地，將手伸到他面前。

他從口袋裡掏出一張小卡片，放在她掌心，上面寫著電話號碼，他隨身攜帶著，不就是等待著她回來的嗎？她再不說一句話，轉身就走了，覺得自己分明勝了一籌。

她後來每晚都打電話給他。

「喂，是我。」她總是這樣開口。

「是啊，我知道。」他總是這樣說。

她占著電話線胡扯，從哪個教授很豬頭，到哪個男生像蒼蠅趕不走。有時候，星星都出來的夜晚，正宇會在電話裡教她看星星。透過雙筒望遠鏡，她看見巨蟹座和著名的梅西爾星團，這個散開星團微微閃耀著。

「哇！到底有多少顆星星啊？」她讚歎地。

「妳自己數數看。」

「我懶得數，我要你告訴我，你告訴我的，我永遠都不會忘記。」

「好吧，那裡有大約一百顆星星的集合，可是，隔著許多許多光年的距離，我們看到的已經不是此刻的星光了。」

「那也就是說，這些星星可能已經死了，我們卻還看見它們的光亮？」她被這樣的想法震動了。

後來，她許久不曾看星星了，有時走在璀璨的星空下，便覺得一種細細地，不明所以的痛楚。

「星子阿姨，媽媽說妳會看星星？」

那天，甥兒樂樂敲開她的房門，雙手插在褲袋中，他現在和星子混熟了，無聊的時候總來敲門。他們一起走到陽臺上，城市裡的光害加上空氣污染，天上的星星看起來並不清楚。

「我們老師說，我們看見的星星的光亮，都是好幾萬光年以前的了，說不定這些星星都已經沒有了，是不是真的啊？」

她順著欄杆往下滑，蹲在地上，長裙掩埋住雙腳，好像什麼地方正在劇痛似的抽搐起來。樂樂向後退，退到門邊，大聲喊著：「媽媽，媽媽——」

星星死了，卻還亮著。
我已死了，卻仍愛你。

她其實已經醒了，只是不願意睜眼。姑母的聲音壓得低低的，好像在安慰著什麼人：「這不算嚴重的，她回到這裡來，一定要適應的，我們要幫她。你們先崩潰了，她更受不了了。」

她還聽見一些窸窸窣窣的聲音，小孩子在講話，好像是樂樂和哥哥的孩子。

她不是神經病啦，只是以前受到刺激，有時候會昏倒——這是她做的啊？好像真的哦——假的啦，看起來像真的而已，又不能吃——可是很好看啊，我覺得很了不起，等我長大，我也要學這個……

她很想睡去，也許永遠不要醒來。

春天的星星。春天的流星。看星星的正宇和星子。

她記得那一次，她忽然在電話裡問他：「你們怎麼會談戀愛的啊？」

「記不清了，好幾年了。」他在敷衍她。

「有沒有人說過你們並不合適？她其實配不上你。」她挑釁地。

他停了片刻，然後，用疲倦的聲音說：「我想休息了。」

她匆匆掛掉電話，從那以後，他講電話都是疲倦的聲音。每一次她懷著興奮的心情打電話去，卻在他那一聲「喂」中，落進谷底，她怎麼也喚不回往昔的他了，他願意她進入他的世界，卻不願她涉入他的感情。她觸犯了禁忌。

「你幹嘛這樣有氣無力的？不想和我講電話就不要講了嘛！」她忍不下這口氣。

「是妳打來的。」正宇清清楚楚地說。

她像被眼鏡蛇襲擊一樣，摔下電話聽筒。她被激怒了，徹底被擊潰，決定要還以顏色。她開始像幽魂似的，出現在正宇和秋眠面前，也不說話，就只是盯著他們看。她的異常璀璨的大眼睛，使人不能忽略。清香苦苦勸她也沒用，於是，聯合其他的人抵制她：「秋眠學姐這麼好的人，妳為什麼一定要橫刀奪愛？」她覺得大家的同仇敵愾，其實是因為她的條件比秋眠好，任何人都看得出來，秋眠不是她的對手。

秋眠真的不是對手，正宇在她家門外等她，請她歇手。他的眼睛被痛苦焚燒，有灰燼，也有烈燄。她想辨認自己是灰還是火？

「我也沒做什麼，你叫我歇手，是什麼意思？」

「星子。」他握住她的雙臂，把她推向牆壁：「妳不要為難自己，也不要為難我，好不好？」

她就知道，她不是灰，他對她不是沒有感覺的。否則，他有什麼好為難的？

他們有了一個新的協議，他答應陪她上山去看流星雨，條件是：「不准告訴秋眠，不准告訴任何人，這是我們倆的秘密。」

她懷著極大的快樂等待約定的那個週末，在學校裡，她對所有人甜甜地微笑，她再不在意秋眠，即使秋眠和正宇牽著手出現，即使他們親吻。有一個秘密，關於她和正宇的，秋眠一點也不知道。

週末那天，正宇說好要借越野車來載她，出發時間是早上十點，可是，不到八點鐘，她就在晨光中，在自己的雪白床單上醒來，看見散在枕上的絲緞般的長髮，嗅聞到一種健康的，陽光的味道。她一吋一吋移動手指，像在舞蹈，有節奏地喜悅著。他會來接她，他們會一起進入山裡面，只有她和他；她所渴望的宇宙的狀態，只有她和他。她覺得自己是愛著也被愛著的，如此幸福。雖然，或許是短暫的，或許只是她自己的想像，可是，總比從來不曾有過要好。她將臉埋在軟蓬蓬的枕上，輕聲笑起來。

城市裡吹起一陣春天的風，這風來自芬芳的山谷。

彷彿，你從不曾離開。彷彿，我們仍然相愛。

雖然，他們都說，你從來沒有愛過我。

他們抵達半山腰時，再沒有路，只能爬山了，星子的腿僵硬發疼，她坐在地上，不肯移動。正宇彎身為她按摩：

「要不要打道回府啊？不要後悔哦。」

「我要看、流、星。」她咬著牙，不肯屈服。

他們一人背一個睡袋，在下午進了山道。黃昏時，她吵著肚子餓，正宇生火煮泡麵給她吃，還加一個荷包蛋，她湊在一旁看：「變魔術啊？還有雞蛋？你的包包裡還有什麼寶貝？」

一邊說著一邊翻他的背包，他笑著說：「妳找到的都是妳的了。」

她停下手：「我想要的不在包包裡。」

「吃麵囉，香噴噴的熱湯麵！」

他遞上煮好的麵給她，她接過來，想著，這是他最後一次逃避。

吃完麵，他們一人一支手電筒，繼續爬山，他來過這座山，告訴她，這裡有一個很棒的觀星山谷，只是，他好像迷路了，開始有些焦慮。他悶著頭往前走，不再說話。星子跑兩步追趕上他：

「我們不要走了，休息一下，好不好？」

「妳要看流星啊。」他拂開她的手。

星子扯住他的背包帶子，狠狠地，用了最大的氣力：

「看到了又怎麼樣？看到以後，你就不用理我了，是不是？你連面前的星星都看不到，還想看什麼星星？」

正宇的手電筒的光線移回來，爬上星子的身體，又頹然地垂下來。光束停留在星子腳前，她看著這龐然無邊的黑暗中，唯一亮著的一團光芒，下定了決心：

「我愛你。你知道的，我也不想的，可是，我已經愛上你了。」

「我有秋眠，妳也知道的。」正宇的聲音聽起來好像夢一樣，是不是在作夢呢？如果在夢中，有什麼話不能說？什麼事不能做？

「我不在乎，我可以接受她，只要你愛我，我什麼都不在乎！」她歇斯底里地。

她的話驚嚇到正宇了，他撥開她往前疾行，他又要逃避了，像以前每一次一樣。這一次不行。她追過去，自己也不明白意欲何為，可是，忽然聽見正宇的驚呼聲，世界裂出一個口子，吞噬了他，他墜落下去了。只剩下她一個人，在闃黑的世界裡。

他落下去的時候，她到底有沒有觸到他？她到底有沒有試圖拉住他？她究竟可不可能挽救他？

後來，在醫院裡，清香和其他的同學去看她的時候，她非常不安。不是說好了只是他們倆的秘密嗎？現在，全世界的人都知道了。

清香他們來看她，為的是譴責她：

「他又不愛妳，妳為什麼不放過他們？他們已經要訂婚了，妳就這麼狠心！是不是因為妳得不到就要毀掉一切？」

她崩潰了，反反覆覆地說，是我害死他的；有時候又問人，你們找到他沒有？他一定是躲起來一個人看星星了。家裡替她辦了休學，姐姐送她去日本休養。

剛出事的時候，她一閉上眼睛就感覺到正宇倚在她懷裡，他傷得很厲害，鮮血凝固在她身上。他很費力地想和她說話，她湊近他的唇，勉強辨認出，他告訴她的是：「就是這個山谷。」他們一直在尋找的，就是這裡。

她沒有哭，雖然那麼恐懼與懊悔。是的，她深深懊悔了，她愛他，卻從沒想過會傷害他，如果他可以好起來，她願意一輩子不見他，甚至不愛他，只要他能好起來。她怎麼能用愛把他傷成這樣呢？

「我……我愛她……對……對不起。」

她沒有告訴秋眠，正宇最後的遺言。她沒機會說，她因為骨折和肺炎進了醫院，又因為精神崩潰，遠赴日本。

到了日本之後，她漸漸不再想起正宇，也不去想那場變故。後來，她在姑母的安排下，從東京去京都學矽膠模型製作。乘坐新幹線列車從黃昏到黑夜，忽然，天空開始飄雪，她生平第一次看見下雪，驚喜交集中，轉頭四顧，想要找一個人可以分享這種心情。旅客或睡或閱讀，他們早習慣了雪。她孤獨地靠回椅背，真的是一個人，在異鄉了。她猛然想起告訴正宇自己要去日本的時候，正宇說，如果她去日本，就看不見她了。那時候就該走的，那麼，正宇到現在還是好好的。他不該說那句話，她不該為了那句話留下來。她絕望地環抱自己，哀慟地痛哭起來，一切都回不去了，一切都來不及了。

看見秋眠的時候，她已經替姑母把台灣的工廠撐持起來了。

那天，駕車去機場送父親和吳阿姨到歐洲旅行，揮別了他們，她穿越機場大堂，忽然看見秋眠，被攝影機和記者包圍住。星子知道她現在是很有名的版畫家了，好幾次參加國際版畫展都有很好的成績。曾經，她以為自己將來一定強過秋眠的，如今，她只是日復一日製作著食物的模型，看起來好像真的，卻不是真的。秋眠挽著身邊的中年男人，正對著記者說：

「我最感謝的人，當然是我的丈夫，如果沒有遇見他，沒有他的支持，我的命運將會改寫。我真的感謝冥冥之中的安排。」

星子聽見這段話，她朝外面走，拉緊自己的外套。秋眠說她感謝，冥冥之中的安排，那麼這安排是否包括了那場變故呢？

她忽然覺得某一部分被釋放了，長久以來的，沉重的痛苦和疾病。

回到家裡去，她瀏覽著櫃子裡食物的樣品，抹茶紅豆冰、明太子壽司、櫻花豆大福……它們都是假的，但，當它們被置放在餐廳展示櫃裡的時候，卻會引起人們的想望與讚賞，令人獲得安慰，那麼，它們或許比真的更有價值。就像正宇之於她的情感，縱使彷彿依稀，卻也是恆久的存在。

她把抽屜裡的筆記本拿出來，端端正正地寫下：

也許，你那天想說的是，秋眠，對不起。

星子，我愛妳。

這回憶，終於只剩下我和你了。

既然，上天沒讓你好起來，那就表示，我將一輩子愛你，思念你。

這是我們倆的秘密。

山谷那一夜，她翻下去找正宇，摔破了頭，先撿到他的背包，然後是手電筒，然後是正宇。他們偎在一起，直到星子的手電筒也暗下去。周圍彷彿有些藤蔓，潮濕寒冷的空氣在流動，什麼也看不見，只能聽見自己的喘息，不知道是她的或是正宇的微弱呻吟，她感覺到正宇漸漸僵硬的身體，在她的懷抱中，他的生命一點一點的流逝了。

忽然，天上有一道銀白色的強光，斜斜地墜下去，接著，又一道，再一道，她渾身緊繃，輕輕搖動著正宇：

「嘿，你看，流星，有流星耶……」

正宇一動也不動。天堂有什麼慶典啊，燃放著這樣繽紛的煙火。

「我看到，我看到流星了……」

她哽咽地，望著天空的璀璨星雨，想看得更清楚一些，這是她得到最貴重的禮物了。可是，她什麼也看不見，那時候，除了流淚，她的眼睛已經盲了。

（選自二〇〇〇年《彷彿》）

麵包店失竊事件簿

警方在現場未尋獲任何蛛絲馬跡，
只找到一些麵包屑和奶油，
彷彿這幾千萬的竊案，是麵包幹的。

「妳的牙齒痛得這麼厲害，為什麼不來看醫生呢？」

「我夢見自己的牙齒都掉光了，全部掉下來耶。我想到人家說掉牙齒就是有親人要死掉了，所以就很傷心的哭起來。我要這樣想，不是親人都不要我。是因為掉牙齒，所以才失去親人的……」

Puffy閃動著洋娃娃一般的大眼睛，這樣對我說。

「除了牙齒痛，有沒有別的地方不舒服？」

「咦？我以為你是牙科醫生，原來你什麼都會治嗎？」

是的，我是牙科醫生，可是，遇見Puffy以後，我什麼都想幫她治，治她的牙痛，治她的孤單，治她的不快樂。

我想，最需要醫治的其實是我自己。是我那顆時時顫抖的，渴愛的心。

我一直不知道Puffy叫什麼名字，診所的護士都這樣叫她，麵包店同事也這樣叫她。Puffy，原本是兩個日本青春少女偶像，磁白瑩潤的鵝蛋臉，圓亮慧黠的大眼睛，兩條長長的辮子。麵包店的Puffy也有類似的長相，長辮子，不同的是，她把長辮子盤在頭上，工作的時候可以更俐落一些。

Puffy的麵包店是全城最大的連鎖店，他們的經營法則是，當日麵包當日售完，絕不留待明日。

我記得麵包店剛開張時，渾身名牌，戴著鑽石項鍊與耳環的女老闆，接受媒體訪問，昂揚著下巴，臉上有一種挑剔的神情：

「現在是什麼時代了？誰還要吃隔夜麵包？我們既然能開最大的連鎖麵包店，就能處理這些麵包！」

他們的處理方式是銷毀，一個都不留下。有一個女記者問道：

「為什麼不把麵包送進孤兒院或是老人救濟院呢？可以做善事。」

「什麼？」女老闆挑起眉，聲音尖澀地：「我們把不新鮮的麵包送給人吃，還叫做善事？這根本就是偽善！」

不知道為什麼，這場面在我腦中留下極鮮明的印象。

我走進麵包店，雖然才剛剛開門，已經湧進了許多家庭主婦、上班族和學生。才出爐的各種麵包的香氣混在一起，奶油的、起士的、葡萄的、培根的……有一種走進童話的感覺，令我有一些微微的暈眩。

這暈眩當然也有可能是因為看見Puffy的緣故。

Puffy像往常一樣，站在櫃檯後面，她負責把顧客挑選好的麵包，一個個的裝進袋子裡，一邊裝，一邊唸出麵包的名字，身邊的同事就把價錢算出來。

她微微垂著頭，輕輕夾起麵包，小心置放在紙袋裡。如此專注而愉悅，對每一個麵包都有溫切的情感。

她總是笑咪咪地唸著：「葡萄奶酥、奶油菠蘿、肉鬆起士、半條吐司。謝謝您。」好像一個老師，在校門口點名，看著學生乖乖的排著路隊回家。

在她面前，排著一列捧著麵包等候的人們，他們等著她朗誦出麵包的名字，點完名就可以帶麵包回家了。我看著這個奇妙的儀式進行，看著自己一步步向Puffy靠近，心跳劇烈到難以負荷的程度了。

「牙齒還痛不痛？」我問她。

她搖搖頭，一邊點名：

「波士頓奶油、奶油泡芙、草莓鮮奶油。謝謝您。」

說謝謝的時候，她的眼睛看住我的眼睛，我想，這是一個別具深意的注視吧。於是，便快樂的帶領著我的奶油路隊回家了。

麵包店開張三個月了，我也整整吃了三個月的麵包，整個人已經發胖不少，渾身都是奶油味。而這三個月中，最大的成就感就是逮住Puffy，讓她到診所來看牙這件事。

開始的時候，我注意到Puffy臉上的微笑失去了，她的眉心微蹙，像在隱忍著某種痛苦。過兩天，我就看見她紅腫的臉頰，像抹上了胭脂。憑著我的直覺加上專業，我知道她的牙齒必須要治療了。

「妳的牙齒很疼，是不是？」

那天，麵包店的顧客很少，我在她點完名以後問她。

「哇！好厲害呀！你怎麼知道？」她身旁的同事嚷起來。

「我是牙醫。」我說：「妳的牙疼了好久了，是不是？」

Puffy點點頭，沒有說話。

「到診所來，我幫妳看看，就在附近。」

Puffy說她要上班，不能來。我叫她下班以後來，她說她下班都晚上十點以後了，還要清掃，沒時間看牙。她的同事很熱心，叫她現在就溜去看看，反正客人不多，她們會罩著她，沒有問題的。

我想，她是真的受不了了，才同我回到診所。

診所的護士看到她，很開心的叫「Puffy」、「Puffy」，她好像很受歡迎的樣子。當她張開嘴，我才知道，原來是一顆倒生的智齒，埋在牙床裡生不出來，腫得很厲害，已經化膿了，泛著膿血的惡臭。我著實用了不少功夫，將包裹著智齒的牙床割開，小心的拔掉了她那顆作怪的牙。當我動手術的時候，一直不斷的對她說話，把每一個步驟都講給她聽，安撫她眼裡的驚恐。

最後，我把一枚止血的藥棉壓住傷口，讓她咬住。

「好啦！」我說：「可是，妳今天不能點名了。」

她看著我，很疑惑的。

「我是說，妳不能叫麵包的名字了。」
她微微垂下頸子，好像笑了。
就這樣，我和Puffy相識了。

每天到麵包店看Puffy點名，漸漸不能滿足我了。我想要約她看電影、郊遊烤肉、兜風、聽音樂會，什麼都行。但，她總是說沒時間，而且她看起來真的很忙的樣子。早上六點上班，中間休息四小時，接著要忙到晚上十點，所有人走了以後，她還忙著清掃和銷毀麵包的工作。
「因為我需要多賺一點錢，所以要努力一點。」她說。
我卻覺得她太努力了。我想，或許因為她是個孤兒，那種孤零零的生活讓她害怕，她需要更多的保障。當她跟我說夢見掉牙齒覺得很幸福的時候，我的心像被剜了一塊，酸楚欲淚。
「妳想不想知道，妳的父母親人在哪裡？」
「現在不想了。我的牙齒在夢裡都掉光了，他們大概都不在了吧。」
她自顧地笑起來：
「其實，有時候我會想，這些走在路上的，來買麵包的，都有可能是我的父母親和兄弟姐妹耶。想著想著，就覺得好愛這個世界喲。是不是好傻？」

「不是的。很可愛的想法。」

「說不定，你就是我的哥哥呢。」

不是的。很可怕的想法。

有一天，下班以後，我在診所裡睡著了，醒來已經十一點多。我騎著機車經過空無一人的街道，感受著晚風吹襲，柏油馬路在街燈照射下，墨黑晶亮，櫥窗都亮著，像在守夜。我的眼梢瞄見一個熟悉的人影，背著包袱，沿著街邊行走。我減緩速度，轉個彎停在那人面前。

「啊！」Puffy驚叫。

我連忙取下安全帽：「是我，是我，對不起，嚇著妳了。」

「你在這裡做什麼？」她仍是驚恐的表情。

「我要回家了。妳背那麼大包做什麼？做賊呀？」我跟她開玩笑，她一點也不笑。

「你不要亂說，會害死我的。」

「好啦！對不起。妳是不是要回家？我送妳吧！」

「啊！」Puffy又慘叫一聲。

「什麼事？」

一輛公車飛快從我們身邊掠過。

「我的車子，最後一班車了，完蛋了啦。」

「不完蛋，我有車，我送妳。好不好？」

「可是，我不回家，我要去辦事。」

這麼晚了還有事辦？我又瞄了她背在身後的大布袋，同時注意到，她因為趕時間，總是紮得整整齊齊的兩根辮子，已經掉落一根在肩上。

「隨便妳要去哪裡，我都送妳去，是我耽誤了妳的，我應該負責任的。」

「可是，我有條件。」

「妳說。」

「你不可以告訴別人你見過我，還有，不可以告訴別人你送過我，還有……」

「還有？」

「一時想不起來了，以後想到了再說。」

上車以前，她忽然問：

「你不問我的布袋裡是什麼嗎？」

「是黑槍？」

她搖頭。

「是毒品？」

她搖頭。

「那就沒什麼特別了，上車吧。」

「是麵包。」

我詫異的看著她，她偷了店裡的麵包？那些麵包本來應該銷毀的。

「我把麵包送到孤兒院給小朋友，他們都好喜歡，雖然是隔夜的，明天早上烤一烤，就跟新鮮的一樣好吃了。」

我們往孤兒院去的路上，Puffy告訴我她在孤兒院長大的經歷，那時候最喜歡流連在麵包店外面，看著新鮮出爐的熱麵包流口水，用力嗅聞麵包的香味，可以回味一整天。

「從小，我最大的志願就是去麵包店打工！」

「妳的願望達成啦。」

「現在，我想開一家麵包店。我已經知道兩百多種麵包的名字和做法了，將來，我的麵包店打烊以後，就把所有剩下的麵包，送去孤兒院，還有分給沒有家的流浪漢……」

我轉頭看著她專心說話的側臉，月光映照著弧度優美的面頰，柔和的發亮。

「其實，妳可以好好跟老闆講，也許她會願意把麵包送給孤兒院的……」

我想到她每夜擔驚受怕的偷竊麵包，而且，如果被發現，說不定真的會惹來官司，不免憂慮。

「不可能的。我問過老闆了，她還把我罵了一頓。」

我可以想像那個女老闆張牙舞爪的兇悍模樣。她認為把麵包送給需要的人，是一種「偽善」。

「如果不是你，明天小朋友就沒有早餐吃了。」Puffy在後座鼓勵的拍拍我的肩。

我忽然覺得精神百倍，加足馬力，在路上奔馳。載著一個女賊，一袋麵包，向嗷嗷待哺的孩子們駛去。這彷彿是我一生中最有價值的一刻，也是閃閃發光，最接近神性的一刻。

那一夜，我們到達一座小山坡，Puffy指著山頂：

「孤兒院就在上面。可是，你不能上去，我今晚會住在院裡，謝謝你了。」

「Puffy！」我出聲喚。

「什麼？」

「妳，妳的辮子……掉下來了。」

「哦。」Puffy俐落的，三下兩下就盤緊了。

「還有事嗎？」她看著我問。

是的，有事，我不想離開，不想與她告別。我知道這是我的生命裡的大事，非比尋常的大事。

「我想知道，我是想，嗯……妳，妳……」

「不如，我們坐著聊一聊吧。」

Puffy邀請我，走到一截橫倒的樹幹旁坐下。

「你有話要對我說？」

「以前，在孤兒院的日子，快樂嗎？」

也許是受到電影和小說的影響，我總覺得在孤兒院長大的小孩，心靈會有創傷，這陰影令他們一生都不快樂。

「我們有一個很棒的院長，她像我們的媽咪一樣，愛我們每一個孩子，我們也像兄弟姐妹一樣，彼此相愛。雖然，沒有錢，連夢裡也想著吃麵包……」Puffy笑起來：「可是，那真的是一段很幸福的日子。」

她從袋子裡掏出麵包給我：

「喏！這是芋泥酥，你嚐嚐，很不錯的，別老是吃奶油麵包。」

我們坐在涼涼的月光下吃麵包，不一會兒，手臂上就浮起一層薄薄的水氣。

「這裡濕氣好重呀。」我拂去臂上的水氣。

「是呀，所以沒人願意住在這裡。」

「那才好，整座山都是你們的。」

「可是，失火的時候，沒有人來救……」

「孤兒院失過火嗎？」

「十年前，有一家地產公司要買這座山坡，蓋房子，院長不肯賣，後來颱風來了，孤兒院就著火了，火好大，沒有人來救我們，好可怕，好可怕，我真的怕極了——」

Puffy在敘述中顫慄，我忍不住環抱她，抱住她的時候，才發現自己也在顫抖，我的聲音也哽咽了：

「沒事了。不怕哦，都過去了。」

Puffy說，那一夜孤兒院都燒光了，他們和院長抱在一起，等著天亮。然後，他們協力重建了孤兒院，比以前的更大，更漂亮，像童話中的城堡。

「可是，經過火災以後，院長不喜歡陌生人靠近，所以，不能帶你去，以後，一定有機會的。」

我可以等待，等待她帶我走進美麗的城堡。

我們在深夜裡揮手道別。

她在山道上停住腳步，轉頭對我說：

「謝謝你幫我拔牙，你是一個很好的人。」

「不要，不要客氣。」我覺得有些不好意思：「明天見。」

「再見了。」她很慎重的告別。

那一夜，也是我最後一次見到Puffy。

第二天早上，我看見麵包店被封鎖起來，許多警察圍繞著店周圍，還有電視記者報導拍攝。我的心中一緊，完了，Puffy的事被發現了，可是，偷竊一些等候銷毀的麵包，不會這麼嚴重吧。

「什麼事？什麼事？」我拉住一個警察。

「失竊案，不是兇殺案。你哪個報紙的？」警察不耐煩的。

「丟了一些麵包罷了，幹嘛那麼緊張？」

「誰告訴你丟了麵包？是金條！菜鳥！你剛畢業的啊？」

金條！金條？

「麵包店怎麼會有金條？」

「老闆把金條藏在麵包店的保險箱，以為萬無一失啦！誰知道……喂！你到底哪個報紙的？」

我恍恍惚惚的走出人群，走回診所。不會的，麵包和金條相差太多，不會牽扯在一起的。可是，剛才在麵包店集中的員工裡，我沒有看見Puffy，她從來不遲到的。她沒有出現。

我覺得暈眩得很厲害，無法看診。午間新聞播出麵包店失竊案，警方發現失竊現場張貼了一張十年前的舊報紙，是孤兒院火焚案。那件火焚案造成十數名兒童死亡，至今仍找不出失火原因，只是懷疑與收購土地有關。

警方更進一步調查發現，麵包店女老闆，當年似乎與那一起土地開發案有關，只是仍未獲當事人證實。

除此之外，警方在現場未尋獲任何蛛絲馬跡，只找到一些麵包屑和奶油，彷彿這個幾千萬的竊案，是麵包幹的。

當天下午，我飛車去了小山坡，順著山道登上山頂。山頂上除了雜草叢生，什麼都沒有，孤兒院，城堡一樣的孤兒院，根本不存在。

下山的時候，我遇見幾個登山的老人。

「你們常來嗎？」

「這裡曾經有一個孤兒院嗎？」

「發生過大火嗎？死了很多孩子？連院長也被燒死了？」

「孤兒院的孩子全燒死了嗎？沒有？還有活著的？」

「你確定？你確定有活著的？」

「那樣就好。那太好了。」

Puffy還活著。我替她拔過智齒的，她當然應該還活著。她是那場殘酷的謀殺中倖存下來的孩子，她變成了一個復仇者。

一個甜美如同奶油麵包的復仇者。

在這一次的行動中，我，還有麵包，都成了她的幫兇。我不知道麵包的感覺如何，我倒是真的覺得很榮幸。

麵包店失竊之後，運氣變得很壞，他們開始販賣隔夜，甚至隔兩、三夜的麵包，顧客愈來愈少，聽說最近就要倒閉了。

我再也沒有見過Puffy，連跟她長得相像的人都沒見過。她是不是到別的城市去開麵包店了？或者，去蓋一座城堡似的孤兒院？又或者，這些都只是Puffy說的故事，我把它當了真。

但，這有什麼重要呢？所謂的真與假；城市裡的聚與散。重要的是，我保有的一些記憶。

我一直記得，那夜看見背著布袋的Puffy，在黑夜的街邊疾行，走過一個又一個櫥窗，櫥窗裡的燈，照著她的身影，忽明忽滅，就像天空裡，在雲層間穿梭的星星。

（選自二〇〇〇年《彷彿》）

指甲花

將她們的手握在我的手中，柔軟的堅韌的那些手指，
就像握住她們過往的生命。

我就要滿二十九歲了。

那一年在鎮瀾宮裡為自己許下的誓言，看起來愈來愈不可能兌現了——我會在二十九歲之前，把自己嫁出去。

那時候沒想過會這麼困難。

眼看再過半個月，就要二十九歲了，我忽然被關在電梯裡。毫無預兆地，電梯硬生生停住了。停電了？還是地震了？我有一瞬間想要尖叫。可是，電梯停住的時刻，那麼安靜，靜得令我不敢造次。我深吸一口氣，沒叫出來。甚至有那麼一刻，我有一種終於可以鬆弛下來的虛脫感，然而，過不了多久，恐懼感漸漸攫捕住我。白森森的燈好好的亮著，看起來電力充足，空調也持續運作著，供給我空氣，只是樓層顯示板失去了訊號，我不知道自己在幾樓，不知道自己離地面有多遠？如果墜落……

「喂——」我聽見自己尖銳的叫聲：「有人在嗎？」

我用力按住對講機，一邊喊叫著：「喂！有人被關在電梯裡啦！喂——喂——」

沒有人回應。樓下阿伯可能在瞌睡，要不然就是跑去找隔壁的下棋了，真是莫名其妙，我們的管理費雖然不多，每個月也是要準時支付的啊。需要人的時候，一個也找不到？這臺電梯，我早就覺得它年老失修了，為什麼平時都不肯好好維修一下呢？萬一發生什麼事，可怎麼辦呢？等一下，我忽然想起來，三天前這部電梯不是才維修過嗎？門外掛了個牌子，寫著「維修中，暫停使用」。害我那天上班為了等電梯還遲到呢，我不會忘記的，它剛剛維修過。怎麼會又壞了呢？而且，不上不下的，就這樣卡在中間。

我的手臂上泛起一陣涼意，那股涼颼颼迅速爬滿全身，我忽然非常害怕，他們給我光亮，也給我空氣，就把我關在這裡，一直關在這裡，不放我出去，關著關著，我的皮膚變得蒼白，白到透明，透明到身體裡的組織和器官都能清清楚楚的看見。我想到以前，被我養在籠子裡的太陽鳥，被我養在玻璃缸裡的金魚。

我看見挖了洞把僵硬的太陽鳥放進黑洞裡的自己。

我聽見連同水草和飼料和脫去鱗片的金魚一起被傾倒進馬桶的聲音，嘩啦。

「喂！」我歇斯底里的：「救命啊！放我出去！放我出去——啊——啊——」

啪！我的指甲斷了。

用力按著電梯對講機的我的指甲，應聲而斷。

我驀地失了聲音，我的指甲，斷了。

對於很多人來說，指甲斷了再長出新的就行了，沒什麼了不起，可是，我是一個美甲師，為人美容指甲是我的專業，我的美麗的指甲就是招牌。

最美麗的我的食指指甲，竟然折斷了。

同一時間，電梯晃了晃，開始下降，到了一樓，門順利的打開，陽光宣誓領土似的照進來。我逃出電梯，跑到阿伯面前，他果然耷著頭正在瞌睡。

我回頭看見電梯門關起來，一切都沒有發生過的樣子，電梯上樓去了。我出門去上班，當自己做了一場惡夢。

我不知道，那天原來是一個分野，我的生命從此不同。

近來很流行彩繪指甲，我們每天都要做上三到五個，先將指甲油均勻地抹在每顆指甲上，再將各色花樣細細繪在上面。做了這一行，才知道女人的指甲原來都長得不一樣，每顆指甲的形狀與大小都不同，就像一張張沒有表情的臉孔，等著被上色。我遇過幾個女人，明明是高頭大馬的，卻長著小孩子的小小指甲，很不協調地。我不一定記得人們的面容，但我多半能記得她們的指甲，將她們的手握在我的手中，柔軟的堅韌的那些手指，就像握住她們過往的生命。

我喜歡這個工作，從很小的時候，我就在草叢裡尋找鳳仙花，為自己和同學染指甲。「哇！這是什麼花啊？好特別喔。」同學讚歎地。

「這是指甲花。」我因為有一種植物和自己關係密切而覺得沾沾自喜。

「妳是個有天分的女人，讓我來開啟妳的感官，讓妳可以聽見更多聲音，看見更多色彩……」邁克第一次和我約會的時候，這樣對我說。

我帶他回我的家，他溫柔的親吻我，替我洗澡洗頭，溫柔的和我造愛，我的確聽見許多聲音，看見許多色彩。

但，他不能和我結婚，因為他已經結過婚了。他不但結婚了，還有兩個可愛的天使一樣的孩子。那一次公司辦展覽，邁克以講師的身分出席，他的妻子和孩子也來了，還是我為他們帶位子的呢。我牽著小女孩的手，像牽著自己的孩子，輕巧而溫柔。

小女孩看見我的指甲，很愛慕地說：「阿姨。妳的指甲好漂亮喔。」

「妳喜歡的話，阿姨幫妳畫，好不好？」

「不用了。」邁克的妻子拉住小女孩：「爸爸不喜歡喔。」

我輕聲笑起來。爸爸才喜歡呢，非常喜歡。他喜歡我彩繪的指甲在他的胸前和腹部遊走，隨著我的手勢忽重忽輕，他的喜悅與驚歎忽深忽淺，我用鮮豔瑰麗的手指，彈奏著他的身體。他是我的琴。

展覽之後，邁克比較少來了，也許他聽見我要為小女孩繪指甲，感到了警覺，他以為我除了替她繪指甲之外，還會有其他的舉動？

他不想和我有密切的關係了，我只有指甲花。

君君扔過來一本小說，是一位號稱為感官女作家的作品，她說：「裡面有一些怪怪的東西，挺好看的。」

君君一向愛看小說，我比較喜歡看錄影帶，特別是在關了燈的黑黑的房裡看錄影帶，想像著自己是一個公主，有著專屬放映室。

今天沒什麼客人，星期一大家都沒時間修指甲吧？我靠在櫃檯邊閒閒的一篇篇翻看小說。裡面有一個故事，是一個女人穿了耳洞之後，忽然可以聽見許多別人聽不見的聲音了，那些來自過去幽靈般的記憶糾纏不休，一個小學時候被欺負的髒兮兮的同學，老師說她轉學了，然而，這隻被穿透了時空的耳朵，卻帶著女主角重回現場，驚駭地發現那個可憐的同學原來自殺死去了。

這個故事看完，我把書扔到一邊，大口呼吸，一種奇怪的感覺，胸口被什麼東西沉沉地壓著。

畢業旅行時，在大甲那座保存完整的貞節牌坊前，同學們排排站照了一張合照，然後，我轉過身，讀著這個被石頭沉沉壓著的女人的一生，禁不住倒抽一口冷氣。也是這樣的感覺。

守了七十多年的寡，是怎樣枯寂寒苦的人生，我絕不要這樣當女人。

「如果妳還不從失戀的陰影裡走出來，我看妳啊，差不多就是這樣囉。」要好的同學阿珊對我說。

於是，我賭氣似的對她說：「我二十九歲之前會把自己嫁掉的啦！」

那時候真的不知道，原來有這麼難。

下班之後，我到錄影帶店替邁克租錄影帶，他常常沒時間看帶子，我把看過之後覺得好看的帶子推薦給他，他若有時間就會到我這裡來看帶子。

下班前他來電話：「上次妳說的那個電影，叫做什麼？」

我就到錄影帶店來了，拿著兩個月前已經看過的錄影帶，還有他愛吃的杏仁小魚，我愛吃的牛肉乾，我們都愛吃的可以當火種的洋芋片。

「呃……」櫃檯的男孩子，乾乾淨淨一張臉：「這部片子妳已經租過了。」

「對啊。」我說：「我喜歡『真愛伴我行』這部電影。」

「妳也很喜歡『舞動人生』啊。」男孩子的五官新鮮得像是剛畫上去的。

「是啊。」我裝作什麼都不驚奇的樣子：「電腦上什麼資料都有喔？」

「我們公司沒有記錄顧客看過的電影資料，為了隱私權的緣故。」男孩對我微笑著說。

「沒有記錄？」我像鸚鵡一樣的重複著。

男孩搖搖頭。

「你的記憶力驚人？在做加強記憶的訓練喔？」

「我只是……正好記得妳。」他輕描淡寫的說。

「為什麼？」我毫不矜持地問。

因為我的指甲，當然，沒有女人會這樣張牙舞爪的換著指甲的顏色和花樣的，當然是因為我的指甲。

「因為妳走路的樣子，很特別，很好看。」男孩心平氣和的說。

我看著他笑，也心平氣和的接受了，不注意我的指甲的男人，太少見了。他太年輕，所以才會不注意到我的指甲。煥發著青春光澤的一張臉，不知道滿了二十歲沒有？

那個差點就要成功的阿林，是我在二十九歲之前最努力的一個對象，我們從看電影開始，去山上賞花，去海邊看星星，去餐廳吃燭光晚餐，我以為他是我擺脫邁克，並且獲得婚姻的致勝武器。結果，我把他帶回我的房，上了我的床，他試了很多次都徒勞無功。

「沒關係……沒關係的……我不在乎的。」我安慰著他，眼前卻浮現起大甲的牌坊，冷冰冰的石頭。

「不會的，不應該的……」他很沮喪，抓起我的雙手：「一定是因為妳的指甲，妳的指甲讓我不能……妳可不可以為我把指甲上的顏料擦乾淨？把指甲剪短一點？」

我翻身起來，不可置信的看著他。那些像小學生一樣剪得禿禿的指甲紛紛從我腦海裡經過，到底哪一雙手可以讓他情慾勃發？

我沒有成功，卻有一種僥倖的感覺。

邁克又開始來看錄影帶了，他可能知道一些事，但他從來不問，我也不說。租了錄影帶回家，電梯安全的將我載到樓上，我進了屋裡，將雜誌和報紙堆在看不見的地方，準備掏出口紅補妝。在背袋裡掏了半天，找不到。那是我最喜歡的一條果凍口紅，有著甜潤的香氣，君君去日本的時候，我託她替我買的。記得下班之前，我還拿出來補過妝，怎麼可能不見了？

口紅真的不見了。

就這樣完全消失了。

那天夜裡，我做了一個夢，夢中的我還是個小女孩，很多同學排在我面前，要求我為她們彩繪指甲。有個女孩伸來長長的指甲，我很害怕地嚷叫起來：「妳不剪指甲！我要告老師！我要告老師……」女孩拿出指甲刀，開始剪指甲，叮，叮，叮，叮……她剪了又剪，叮，叮，叮，叮……長指甲已經剪短了，卻仍停不住的一直剪，她的手指開始流血，鮮紅色的血緩緩流下來，為什麼一個小女孩的手指可以流出那麼多血？我對她叫著，不要剪了。妳不要剪了，不要再剪了……不要！不要——我從夢中喊叫著醒來，出了一身汗。

黑暗中我清楚感覺到邁克環著我的臂膀，他喜歡這樣睡，緊緊攬著我。每當他攬著我，我都睡不好。

我躺著，用力呼吸，叮，我轉過臉看著邁克，叮，我很確定聽見了那個聲音，咑……咑，剪指甲的聲音。

我搖醒邁克，他睜開眼，把我攬得更緊些。

「你聽。」我貼著他的耳朵。

「什麼事？」

「你聽啊，剪指甲的聲音。」

邁克稍稍鬆開我，我連忙側過身，坐起來。

「我沒聽見什麼聲音，妳做夢吧？」

「我是做了一個夢，夢見一個小女孩不停的剪指甲，剪到手指都流血了，好恐怖……」

「一定是因為妳的指甲斷了，才會做這麼奇怪的夢。睡吧。」

我躺下來，邁克立即睡著了，但我無法入睡，剪指甲的聲音很規律地響著，難道是隔壁鄰居睡不著，正在剪指甲？可是，這個人到底有多少手指啊？他已經剪完十隻手指，又剪完十隻腳趾，仍剪個不停，咑，咑，咑，咑……難道他渾身都是指甲？

我覺得非常孤獨，在這個我所愛慕的男人懷裡，聽著徹夜剪不完的指甲。

我仍沒有找到那隻口紅。

搽著別的顏色的唇彩或唇蜜，總覺得少了那種特別的光澤，我對鏡中的自己很不滿意。

「妳有沒有遇見過東西忽然莫名其妙找不到這種事？」吃飯的時候我問君君。

「有啊。」君君眨著夢幻的大眼睛和長睫毛：「我阿嬤都說，是變魔術的借去用了啦。」

「變魔術的？」

「對啊。要不然他們怎麼能變出那麼多東西呢？」

說得跟真的一樣，好吧，變魔術的把我的口紅借去用了。

君君的那本小說放在櫃檯，人比較少的時候，我又拿起來翻了那篇小說一遍，真奇怪，這個女作家為什麼會有這些匪夷所思的想像？難道她也經歷了一些詭異的事？

接連幾天晚上，我都在剪指甲的聲音裡醒來，吋，吋，吋，吋，如此清脆，那個滿身都是指甲的怪物，就住在我的隔壁吧？牠的指甲長得還真迅速呢。

「把指甲放在桌上，要檢查。」有一夜，我聽見自己童稚的聲音，嚴格的發號施令。

於是，我想起來了，小學時候，我當過兩年的衛生股長，幫老師檢查手帕、衛生紙，還有同學的手指甲。那時候的我是個馬屁精，只要有同學檢查不合格的，就去向老師打小報告。那些特別愛乾淨的女生，便和我成為好朋友，我會用指甲花幫她們染指甲，她們全排在我面前，我翹起蘭花指對她們說：「排好喔，一個一個慢慢來嘛……」

那些染過的指甲，就像是一種結盟的關係。至於那些沒結過盟的……那個叫做小戴的女生。我記得她的手指甲裡有一塊小小的黑記，像盤著一隻蟲，我不肯替她染指甲，還去老師那裡告狀，說她不剪指甲。老師那天特別生氣，抓起小戴的手指就剪，咁，咁，咁，咁……哇──小戴忽然大聲哭起來，老花眼的老師將她的指甲剪出血來。小戴痛得跳啊跳的，她哭得脖子都腫起來了。

小戴不久就轉學了，大家很快的忘記她。我們依然玩著指甲花的遊戲，樂此不疲。只是，小戴真的轉學了嗎？那個女作家的小說裡，被欺負的同學並沒有轉學，而是自殺了，會不會小戴也……她根本就不在了，不在這個世界上，卻在另一個時空裡，懷著童年的怨懟，回來報復。咁，咁，咁，咁……

我開始失眠了。

但我仍去上班，正常的吃飯、上廁所。只是不看錄影帶了，因為我不知道小戴喜歡看什麼電影？也不再讓邁克來家裡了，我怕小戴會不開心。每夜關燈之後，我就等著小戴來剪指甲。她總是來剪指甲。

電梯門打開，我看見錄影帶店的男孩子走進來。

「嗨！」他說。

「你為什麼在這裡？」我問。

「別緊張，我沒有跟蹤妳，我也住在這裡啊。」

「我以前沒見過你。」

「我搬進來還不到一個月，嘿！我們是鄰居耶，妳可以叫我吉米。」

「吉米。」一聽就不是一個真正的名字，好吧如果要這樣的話：「我叫指甲花。」

「很棒。很適合妳。」

我就知道他會喜歡。

「妳看過『十月的天空』嗎？」在我們各奔前程的時候，他忽然問。

我搖頭。他愉快的笑起來，來租吧，妳一定會喜歡的。

我去了錄影帶店，看見了滿面歉意的吉米：「不好意思，『十月的天空』好熱門啊，都租完了。要不然妳給我一個電話，只要一有帶子，我就打電話通知妳。」

我很想跟他說，少年ㄟ，這個方法挺不錯的，可是，我們的年齡實在差太多了。

我胡亂抓兩捲帶子，結了賬，他又問：

「妳一個人住嗎？」

嗯，我該怎麼回答？小戴算不算與我同住呢？

「我沒什麼意思，只想知道，晚一點打去，會不會吵到人？」

吵到人？那是不會的，吵到別的，倒是有可能。我兀自古怪的笑起來，一邊笑一邊搖頭。

走到門口，準備推門而出的時候，我轉頭，吉米專注澄淨的眼眸，正盯著我看。「我會打給妳。」他比了個打電話的手勢。我還是笑，就這樣一路笑著回了家。

我洗過澡，洗了衣裳，把八卦雜誌看完，剩下的洋芋片也吃完，關了燈等小戴，電話鈴響起，是吉米。

「我猜妳還沒睡，妳看起來睡得不太好。」吉米說，他的聲音好近，這聲音單獨存在的時候，並不顯得那樣青嫩，反而有些沉穩老成。

他的聲音與他的人，似乎是分離的。

「是啊，我失眠了。」

「為什麼？」

「不為什麼，在這個世界上，三十歲以上的人一大半都失眠的……」

「妳還不到三十。」

「你還不到二十。」

「錯。」含著笑意的語調：「我已經滿二十二歲了。」

「哇！」我誇張的：「你是個大男人了。」

「指甲花。妳有情人嗎？」

「幹嘛？」

「想知道我能不能把錄影帶送去妳家？」

「把過太多年輕美眉，想換口味啦？」我蜷在沙發裡，輕輕彈著斷掉的指甲。

「我不想換口味，我想追妳。」

「我快要二十九歲了。你聽好！我沒興趣和小男生玩遊戲，我只想找個男人把自己在二十九歲之前嫁出去，我就功德圓滿了。你瞭了嗎？」我直起身子像在與人爭辯什麼似的，一連串的說了一堆，還要確認對方已經接收到我的訊息：「你聽清楚了嗎？」

吉米沒有回答，也沒有斷線。我說喂？喂？很沒耐心地。

「對一個只想要婚姻的人來說，愛情只是浪費生命，沒有意義了。是不是？」一會兒之後，吉米緩緩地說。

我啞口無言，他說的那個人是我嗎？從什麼時候開始，我變成這樣的一個女人了？

「你到底把我當成什麼？」第二天，和邁克約了吃午餐的時候，我忽然這樣問。

他嚇了一跳，顯然從沒想過這個問題。

「妳還好吧？臉色不太好看。」

「我已經一個禮拜沒好好睡覺了。」

「為了我嗎？」他微微驚訝地。

為了他嗎？不是。原來並不是那麼深的牽扯，有時候我把事情想得太嚴重了。

「為了你聽不見的聲音，剪指甲的聲音，有人整夜不睡覺，一直一直剪指甲，我不知道該怎麼辦才好？那些指甲為什麼長得那麼快呢？」

邁克異常憂慮的眼神，打斷了我的抱怨，他盯著我看，好像我是那個渾身長滿指甲的怪物。

「妳去看看醫生吧，我介紹一個醫生給妳，好不好？以前我老婆產後憂鬱症，就是找他看的。」

「他把你老婆看好了嗎？」

「應該是……好了吧。」

「那你為什麼搞外遇？」

我惡意的結束了午餐，也結束我們的關係。

那天晚上回家，我站在門口進不去，整個背袋都要被我掏穿了，我找不到鑰匙。

我的鑰匙不見了。

自從口紅離奇失蹤後，現在鑰匙也不見了。

可是真的沒道理，我必須用鑰匙鎖上門才能出去的，離開公司的時候，也是我鎖的門，然後，我清楚記得自己把鑰匙放進背包裡。

現在，我的鑰匙不見了。

我晃到了錄影帶店，吉米正在和客人聊天，他看見我，很有風度的樣子點點頭。我聽著他和客人說話，預測著奧斯卡金像獎誰誰誰會得導演獎，誰誰誰已經幾次入圍了，很專業的樣子。客人和他道別，離開了。

「店要打烊了，想看什麼電影？」

「有沒有教人怎麼回家的？」

「妳不會回家了？」

「鑰匙不見了。」

「妳把鑰匙搞丟了？被扒了？」

「都不是，是不見了，咻，就不見了。可能讓變魔術的借去了。你知道，他已經借去了我的一隻口紅，現在又借去我的鑰匙……可是，他並沒有付道具費給我喔……」

吉米把雙臂撐在櫃檯上看著我，他看人的樣子好專心。

「我看妳快不行了。我家借妳暫住一宿吧。」

「會不會不方便？」

「我去住我姐姐家，沒事的。」

我和他回到他家，走進堆滿DVD和錄影帶的房子裡，他為我介紹了家裡的環境之後，準備離開。我拉住他的衣袖：

「可不可以，不要走？我想好好睡一覺，如果你可以陪我，我也許能睡著。」

他留下了，我們合吃一碗牛肉酸菜泡麵，看了「十月的天空」，我把小戴的事說給他聽。

「你信不信？她回來找我？」

吉米聳聳肩，不置可否。

「你覺得怎麼樣？你說嘛，把你的感覺說出來……」

「說不定我是小戴投胎的，看見妳就這麼有感覺，我為了妳才搬進這裡的，每天晚上剪指甲的，說不定就是我……指甲怪獸。」

我抓起他的手指來看，很好看的橢圓形的指甲，每一顆都透著粉紅色的珍珠光澤。

「那……我的口紅和鑰匙呢？平白無故就消失了？」

「可能是妳迷迷糊糊的，弄丟了都不知道。」

「不可能的。我很確定……不可能。」

那一夜，指甲怪獸沒跟來，我很安靜的在吉米身邊睡了一場好覺。

第二天早晨，準備出門找鎖匠，我將背包掛上肩頭，吉米忽然拉住我。

「什麼聲音？」

不會吧，剪指甲剪到這裡來了？

「什麼？」我緊張兮兮地。

「我好像聽見鑰匙的聲音。」

「在哪裡？」

「妳的包包裡。」

吉米拉著我的背包晃一晃，果然，我們都聽見鑰匙的金屬聲響。

我迅速將背包全部倒出來，卻依然沒有鑰匙的蹤跡，吉米將我的背包翻過來覆過去，用手指一點點的觸摸著，小牛皮軟韌的皮革在他的指間彈動，好性感的曲線。

「我摸到了。」吉米的眼睛閃閃發亮。

他探手進去，發現我的背包破了一個小洞，在皮革與裡布之間，形成了一個空隙，掏啊掏地，他掏出我的鑰匙。我的嘴張開來，還沒闔攏，他又取出我的果凍口紅。

「魔術師把東西都還給妳了。」吉米微笑地說。

這一天的生意特別好，我和君君簡直忙不過來，有個女人要結婚，由她的朋友陪她來，女人說自己的指甲有點缺陷，想要戴指甲套，卻不知道哪種指甲套比較好用？我說讓我看看妳的手，可以嗎？

女人稍稍猶豫，伸出她的手。

「把指甲放在桌上，要檢查。」

看著那顆指甲，我渾身痙攣起來，我聽見自己的呻吟聲。中指上那隻盤著的蟲，長得更大了。那隻蟲一直在這裡，好好的在這裡。我看著比我還要高一些的女人，強自鎮定的問她：「小姐貴姓？」

「我姓戴。」女人說。

「小戴……呃，戴小姐，我想妳不需要用指甲套，我們這裡有很漂亮的指甲彩繪，我可以替妳把指甲做得很完美，讓妳當最美麗的新娘。妳放心，我會幫妳，一定讓妳很滿意的……」

「那，不知道價錢……」

「價錢妳不用擔心，妳有多少預算都沒關係，我反正會做到令妳滿意。好不好？」

好不好？真的是太好了。小戴沒有事，那一年她真的只是轉學了，她要結婚了，在二十九歲之前，把自己嫁出去。她成功了。

我到錄影帶店去等吉米下班，趁他有空檔的時候，到櫃檯對他說：

「小戴出現了。」

「不會吧？妳見到鬼了？」他睜圓了眼睛。

「她沒死，她要結婚了，我要幫她做指甲。」我忍不住地雀躍。

「太好了。我們要慶祝！」

「好！今晚去我家，看錄影帶。」

打烊之後，吉米抓了洋芋片、牛肉乾和杏仁小魚，我把杏仁小魚放回去。

「怎麼？妳不是愛吃嗎？」

「我吃膩了。」我皺皺鼻子。

我們還沒看完電影，我和吉米已經忘情親吻到一種沸騰的地步。

「如果我不是小戴投胎的，為什麼會對妳這麼有感覺？」吉米停下來問。

我拉住他，不讓他停，一邊含糊地說：

「因為你抵擋不住我的魅力嘛……」

我聽見他笑，看見他的喉結輕輕滑動著。

我從夢中醒來，清清楚楚聽見，咁，咁，咁，咁，剪指甲的聲音。

我翻過身，看見吉米異常清亮的眼眸，他正看著我。

「你沒睡？」

「我捨不得睡，我怕睡著了，發現這只是一場夢。」

我決定問清楚，雖然他可能什麼都沒聽見，雖然這可能只是我幻聽，也許我該去看看治好產後憂鬱症的那位心理醫師。

「你有沒有聽見……」

「剪指甲的聲音？」

「你聽見了？」

「我不確定是不是剪指甲的聲音，但是我確實聽見聲音，從浴室傳來的。」

住在我的浴室裡的，指甲怪獸？

吉米牽著我往浴室走，我拉住他，舉步維艱。

「不要怕。」他說：「我會保護妳的。」

我從沒想過，會有一個這麼年輕的男孩子對我這樣說，他不僅是說，我相信他也會做，從他握著我的手的方式，我已經明白了。

他點亮浴室的燈，清清楚楚，浴室裡什麼都沒有。吋，我們都聽見了。吉米鬆開我，往浴缸靠近，他彎下腰檢視一下，然後站起身子，明亮的笑起來。

「謎底揭曉了。」他把我拉到浴缸邊，對我說：

「妳的水管漏水，每一滴打在浴缸裡的聲音都聽得很清楚，就像是剪指甲的聲音……」

吋。我看見一滴水，落進浴缸裡。

「好啦。明天我拿工具來幫妳修理。」

「你會修啊？」

「嘿！我是個『大男人』了。」吉米貼著我的臉頰，笑得壞壞地。

我們又親膩地糾纏了一陣子，他吻了吻我的掌心，輕聲說：

「睡吧。天快亮了。」

「今天是我二十九歲的生日。」我說。

「喔……」他似乎嘆息了。

「怎麼？」

「妳沒把自己嫁出去。」

「是啊。來不及了。」

「我真高興妳沒嫁，這樣，我就可以對妳說，生日快樂。」
我微微笑著，窩進他的胸膛，睡著了。

（選自二〇〇四年《芬芳》）

櫻花祭

櫻花飄墜著，比雪花更絕望。
因為那雙曾經燃著烈愛的眼睛，已經斂息了。

雅典是在那一刻，有了謀殺他的念頭的。

當雅典按下快門的時候，他歡呼起來，與餐廳老闆娘握手，一邊把旅遊雜誌上老闆娘的相片展示給她們看，一邊用彆腳的日文說著，為了尋找這家餐廳，他們花了多少時間。兩位老闆娘臉上有著耐煩的神情，微笑著在他們面前送上烤燙的鐵板與鴨肉。他與高采烈向雅典演講，說明這種料理是皇家出外狩獵時，鄉間農民用肥鴨在鋤頭上烤出來，招待皇室的佳餚。

「妳看！妳看！真的是鋤頭耶。」他整張臉都泛著興奮的紅光。

兩個老闆娘說了一堆客氣話後，鞠躬離開了。

他為什麼這麼高興呢？這不是他們倆最後的離別旅行嗎？雅典估量著，如果把燒熱的鋤頭砸向他的太陽穴，會不會致命？他死後她會立即離去，收拾簡單的行李搭機回台北。

反正，沒有人知道他們結伴旅行，沒有人知道，他們曾經相戀。

「哇！妳嚐嚐，嚐嚐這鴨肉的味道，真是，真是不錯啊。」他把一片剛剛烤好，滴著油的暗粉色肉片浸在她的調味碟裡。

祇園華燈初上，異鄉的夜晚，她只有他一個人，她不能殺他。

雅典把馬鈴薯一片片排列在鋤頭周圍，再把鴨肉片放中間，烤出來的鴨油滋滋響著，流向馬鈴薯。

他觀看著，無聲地笑起來：「妳真是有天分，最會吃的女人。」追求她的時候，他看見的絕不是她吃的天分：「世界這麼大，可是，如果沒有妳，到哪裡也是荒涼的。」

他還給過她承諾：「我和我老婆早就互不干涉了，只是以前沒遇見妳，所以，沒有離婚的理由。」

他也給了她保證：「如果孩子和妳要我做選擇，我當然選妳。孩子會長大的嘛，他們有自己的世界，我也有我的世界。」

就是因為這些那些動人的肺腑之言，她才愛上他的。

他們的戀愛很秘密，每年三次的旅行，才能光明正大的同進同出。

剛開始旅行的時候，她慫恿他為老婆孩子買點禮物，他總說沒必要，卻會在她的行李中偷偷塞進小禮物。後來，她發現他悄悄地在旅途中買女裝、巧克力。

上一次旅行也是到日本，住在東京的飯店裡，他打開冰箱拿出一罐彩色糖果，喀啦一聲，再放不回去了。

「好吧，我吃吧。」雅典說。

他一把搶回來：「這是小孩子吃的。」

說著，疾迅地塞進自己的行李中，雅典怔怔地站著，那時便隱隱覺得了什麼。

「我覺得妳最特別的就是理性美。」他是這樣與她談分手的：「我沒勇氣向老婆和孩子交代，他們不會原諒我……但，我知道妳一定能諒解。」

為什麼？為什麼我一定要諒解？她並沒有與他吵鬧，只是開始失眠，大把大把掉頭髮。

一個多月之後，她約了他見面，問他：「你答應過我要去京都旅行的，還去不去呢？」

他看著她打薄剪短的頭髮，暗紫色的眼圈，一種頹廢的美感，慨嘆地：「女人真是多變，瞧妳像個孩子似的，去啊！怎麼不去呢？」遲緩了一下，他瞇了瞇眼，像在緬懷什麼：「反正是最後的旅行。」

為什麼要約他去旅行呢？

她明明知道到這個地步，是非分手不可的了，可是，什麼時候結束？什麼方式結束？得由她來拿主意。

她向他要了這次的旅行。

一到京都車站，她就後悔了，完全不是她想像的古樸素雅。

高闊嶄新的京都車站，四面都是玻璃帷幕，陽光明晃晃的穿透進來，尖利地照射著，彷彿能割人。一層又一層的電扶梯，有種穿透雲霄的氣勢，卻完全不是她所以為的樣子。

她沮喪了，他卻很高昂：「時代在進步啊，連京都車站也這麼後現代，太壯觀了。」

進入房間，她習慣性的去浴室看看，一個亮晶晶的浴缸等在那裡，過去，他們一進房間，總是先放水洗澡，然後親熱一場，常常累得連出門吃飯的力氣也沒有，便叫進房間吃。

她出來的時候，他正在吧檯檢視咖啡和茶包。

「天快黑了，我們到祇園去逛逛吧，到那兒吃晚餐去，我知道有一家好的。」他的眼睛甚至也不注視她，進到浴室洗臉去了。

「他是不是因為甩掉了我，所以這麼興奮呢？」看著鏡頭裡和老闆娘站在一起的他，她忽然覺得，他好像真的是為旅行而來的，與她無涉，與他們的感情無涉，一個念頭倏地升起來：謀殺他。

不該這麼容易的，他憑什麼對她呼之即來，揮之即去？

因為第一天夜裡，他們各自安靜地睡去，雅典在一種悲哀的情緒中醒來。

她還清楚的記得，第一次他們約了一起出國旅行，是去東京。那年冬天很冷，東京夜的街頭鋪著一層薄薄的雪，晶瑩璀亮。他把她的手袖在口袋裡，用手指與她的手指溫存纏綿，他們在居酒屋喝下第一杯清酒，她就已經醉了。斜倚在他懷裡，隨著他回酒店，隨著他攀上歡愛的巔峰。

「下雪了。」她支起身子看窗外，細細飄飛的雪花。

「天亮就停了。」他吻了吻她裸露的肩，去淋浴沖洗去了。

每一次他們歡愛過後，她都願意保留住他的汗水與體腺分泌出來的氣味，在她的身體上，像一種印記，標示著彼此相屬。他卻總是迫不及待的去沖洗，說是流了太多汗，很不舒服。

雅典心裡明白，他正在努力湮滅證據，那嘩啦啦的水聲，令她打從心裡不舒服。她披著浴袍爬起來，掀起窗簾坐在窗臺上，看著窗外無聲的雪花，靜寂的街道。

忽然發現，雪花的墜落是如此的絕望，沒有挽救，粉身碎骨，並且，天亮之後就會停了。就好像自己的戀情，回到台北之後，這男人便不屬於她的了。她想著，淚盈於睫。

忽然，窗簾被掀開，男人濁重的喘息著：「原來妳在這裡……我以為妳走了。」

男人的表情確實寫著驚惶和無助，那一刻，她完全原諒了他。

「我能走到哪兒去呢？」她幽幽的問。

「妳隨時可以離開我的，我隨時會失去妳的。」他把她從窗邊抱起，放在床上，暖著她貼在窗上變得冰涼的雙手。

他的眼睛看著她，那是一雙熱烈的愛著的眼睛啊。她貪戀他的愛，貪戀被愛著的自己，她沒打算要離開。

此刻窗外沒有雪，她坐在京都酒店的窗臺上，庭院裡有一株盛放的櫻花樹，靜靜飄墜著落花，也像雪花一樣絕望。不，比雪花更絕望，因為那雙曾經燃著烈愛的眼睛，已經斂熄了。

雅典轉頭看著熟睡的男人，時而發出呼嚕的鼾聲，如果，此刻他醒來，看見孤獨坐在窗邊的她，會對她說些什麼呢？

其實，什麼都不必說，他只要醒來，就像以前一樣，每當她從夢中醒來，他也轉醒，安撫的拍拍她，對她安慰的笑一笑。

是的，只要他醒來，她便完全原諒他。原諒他的苦衷。原諒他不能堅守誓約。原諒他只是個無能為力的中年人。

但，他到底沒有醒來。

雅典坐累了，她想睡卻無法入睡，她翻著包包尋找安眠藥，找到的時候卻又遲疑了。她想到朋友說過，吃安眠藥入睡的人，醒來時往往都會帶著憂鬱的情緒。但，究竟應該整夜不能入眠；還是憂鬱的甦醒呢？

金閣寺的園裡，好幾株櫻花都已盛放，雅典在樹下拍了幾張照片，她說：「我愛櫻花，那麼美，卻又那麼短暫。」

他收起相機走向她：「遠看真的挺美的，近看就像面紙啦。」

他一定不知道這話刺激了雅典，雅典覺得他就是這樣看待她的，日子一長，便覺得不過如是。

金閣寺比雅典想像中要小得多，更像是池水中的黃金標本，她倚在池邊遠望著寺頂的鳳鳥，想像著牠當年在熊熊火燄中被燎燒的痛楚。牠也是避無可避的吧？

「妳說，金閣寺被燒過？」他問。

「是一個和尚燒的，他說他嫉妒金閣寺的美，所以把它燒了。」

「有這樣的事？」他半是驚奇半是嘲弄地笑起來。

「當然有。比方說，我嫉妒你回到妻子身邊去……」她不再說，緩緩走開了。

第二次，她升起那個念頭。

看見木造懸空的清水寺的時候，她真的有些震懾了。那麼孤絕，又那麼安穩的建築。

他們為了取景，避開人潮，他攀在欄杆邊緣，幫她照相，搖搖欲墜，如果一陣大風吹過……她忽然希望他失足墜下去。

底下是山谷，他和他的相機墜下去，她不會走開，會大聲呼救，相機裡有她的照片，他的妻子便會知道，他背叛了妻子，雅典是他的戀人。也許，雅典還會告訴她，他們是約好了來京都殉情的，教他永無翻身之日。為什麼不呢？她對著他極媚惑地笑了。

啊——一隻烏鴉飛過去，嘹亮的叫聲。

他從欄杆下來，挽住她的手：「剛剛我在想，如果我不小心摔下去了，妳會不會原諒我？」

她沒有掙開，偏頭睨著他：「我原諒不原諒，有這麼重要嗎？」

「妳原諒了我，我才能原諒自己。」他說。

她的心微微一跳，他其實是明白的，明白自己的怨懟，可是，有什麼用呢？他還是放捨了她，還是深深重重的傷害了她。並且還說，妳是講道理的，妳不會為難我的喔。

她恨他。根本不和他討論原諒不原諒的話題。

「喂！」她露出小孩子的活潑笑容：「我們去看戀愛占卜石吧！」

許多女孩子圍在占卜石附近，等著蒙起眼睛從一塊石頭走向另一塊石頭，如果可以走到並且摸到石頭，就表示戀愛順利，幸福可期。兩方石頭之間原來距離並不近，一個穿和服的女孩正蒙住眼睛，慢慢往前走去，其他的女孩聲嘶力竭的喊著：「右邊，再右一點，嘿！往前啊……加油！左邊，左邊……」

女孩在中途停下來，顯出失去方向的迷惑模樣，她開始轉動身子。

「不要，不要動啊！」她的朋友驚叫起來：「往前走啊，不要停，右邊……右邊一點……」

女孩彷彿在笑似的，可是，雅典看見她抽動的嘴角，從蒙眼布後流下的眼淚。雅典的心忽然酸澀悽楚了。

「我去逛逛，等會兒來找妳。」他鬆開她的手。

她不想再看下去，也不想知道女孩究竟能不能摸到愛情石，就算摸到了也不代表什麼。她去找他，看見他在買平安御守，他買了一個裝在盒裡的闔家平安御守，看見她的時候有點尷尬：「小孩子總是生病。」

她只是不明白，因為他不是個居家男人，才與他戀愛的，怎麼相愛之後，他愈來愈居家男人了？

第三天，他們從南禪寺往銀閣寺去，他堅持要走「哲學之道」。

「妳不是愛櫻花嗎？怎麼不去看看鋪滿櫻花的小路呢？」

雅典其實是累了，她變得意態闌珊，不明白當初堅持這一次的旅行究竟有何意義？

「這些天來看的櫻花還不夠多嗎？」

「那麼，妳先坐車去銀閣寺等我，我真的要走一走。」

雅典妥協了，告訴自己，和他並肩一起行走的時刻不會再有了。

昨夜，他攬抱住她，是那樣的溫柔。他熟悉她肌膚的每一根起伏線條，她在他的探索下歡愛吟哦。當她平復下來的時候，他摩著她的耳垂，低聲說：「原諒我，雅典原諒我……」

這一次，他沒有急著進浴室去沖洗，他的汗水濡著她的身體她的頭髮，他整個的環抱著她，幾乎令她窒息，她彷彿感受到他微微的顫慄。

「我原諒你。」她說，並不確定自己真正的感覺，但，她知道他此刻需要的是這個，於是，她就說了。

他們在「哲學之道」走了一段相當長的路，沿途的溪流與落櫻原本很吸引雅典，卻因為疲憊漸漸失去耐心。後來，雅典發現他在找一家店鋪，那家紙藝店出現的時候，他的臉上有著如釋重負的喜悅。那家小店用各種顏色的棉紙，摺疊出各種可愛的人物和造型，雅典站在門口，舉步維艱，汗珠爭先恐後從皮膚之下沁出來。

她記得他說過，他的妻子喜歡紙藝，還開班授課。她問他：「你買這個送給她，不怕她發現？」

「不會的，我們已經講好了。」

或許因為走了太多路，或許因為找到了太欣喜，他就這樣脫口而出。

「她知道了？她知道我們要來旅行？她都知道了？」

他錯愕地看著她，然後，點了點頭。

雅典發覺自己被抽離了，丟置在一片荒野裡。原來，他的妻子知道了他們的事，所以他要和她分手，他報備了這次的旅行，她根本不是偷來這趟旅行，而是他的妻子施捨了這場旅行，給一個手下敗將。她被他和他的妻子一起封殺出局了，他可以回家做浪子回頭金不換的好丈夫，他的妻子就是至善至賢的好女人，那麼，她算什麼？這場愛戀算什麼？

浴室裡嘩嘩的水聲，吧臺上熱水壺裡的開水滾溢出來，雅典把安眠藥的蓋子扭開。她要為他沖一包咖啡，淋浴過後，他愛喝上一杯熱咖啡。她知道如果不做的話，一定會後悔的。

她關上房門，走出飯店，進了夜晚的京都車站。

車站中迴盪著現場演唱的音樂與歌聲。宛如表演廳的整排遼闊階梯，是通往天臺的「大階段」，週末的現場演唱會就在那裡舉行。她拉著行李混進人群中，攤開長裙坐下來。男歌者很憂鬱地唱著一首歌，在如泣如訴的歌聲中，她想起喝過咖啡的男人，渾身無力，疑惑地看著她的眼神。

「你不能一點代價也不付的，對不對？」她看著他，清清楚楚地說。

男人可能想說什麼，卻失去了氣力，垂下頭，睡去了。

像櫻花紛紛飄墜一般地，睡去了。

好好睡吧。天亮以後，她就要回台北，他卻不能。

十幾顆安眠藥應該可以讓他睡上大半天，然後哀愁的醒來，錯過飛機，讓妻子虛驚一場，並且錯過重要的採購談判，損失一筆進賬。這是他該付的代價。

她到底沒有謀殺他，只是讓他沉沉睡去。讓他知道，這世界並不是為他而設的，並不是每件事都能盡如人意。讓他體會到一如雪花或者櫻花飄墜的那種絕望感受，他應該體會一下的。

「我原諒你。」臨別時她發自內心誠懇地說。

她親吻他的臉頰，希望他可以聽到。

（選自二〇〇四年《芬芳》）

裙襬開出野薑花

我嗅不到野薑花的氣味，
卻可以想像它們是何等放肆野冽，
用香氣席捲了整座山谷。

「來！阿源，送到綠色山莊的。」店長將烤好的熱騰騰披薩交給我，我很快的放進保溫塑膠袋裡，抓起安全帽就要奪門而出了。咱們這家披薩店，可是以迅速的外送效率打下一片江山的。

珊珊忽然喊住我：「阿源！你……慢點。」

「瞭啦！」我一邊回應，已經出了店門，發動機車了。

每一次我要出門，她都要叮嚀，簡直就像我媽，也許女人家都是這樣的，也或許上次出事真的把他們嚇壞了。當我躺在床上的半個月的昏迷中，珊珊自動吃素，天天去廟裡燒香，表姐就說她看著我們兩兄妹從小打打鬧鬧，沒料到竟是這樣的手足情深。珊珊卻急忙否認，她說她是要減肥，才不是為了我，吃素比較健康啦。當我漸漸恢復，珊珊開始虧我，總說我變笨了，可能是腦袋撞壞了。如果是以前，我一定虧回去，絕對讓她好看，可是，我發覺自己真的有些不一樣了，那些嘲弄對我來說，一點也不重要。於是，我便笑笑地對她說：「是啊是啊，妳說得對。妳說得都對。」

珊珊的臉上並沒有得意的勝利表情，她擔憂的看著我，欲言又止。我則緩慢的呼吸著，開始發獃。我發現自己發獃的時候愈來愈多，睡覺之前要發一陣獃，醒來之後躺在床上也發一陣獃，甚至連騎車的時候也忽然發起獃來，我看著自己抓住機車把手的手臂，上面繃出的血管形狀，我是活著的，這是滾滾塵世，不是幽冥。掙扎在生死邊緣的那些日夜，不確知自己到底是生是死的紊亂意識，都是過去的事了。我有點迷惘，到底為什麼？為什麼我活下來了？我原本應該已經大學畢業了，大四的第一天，出了事。現在，我再過一次學生生涯的暑假，等待著開學，和學弟、學妹一起唸大四。

復元之後，我便到披薩店和珊珊一起工作，儘管珊珊非常堅持不讓我外送，我卻也非常堅持一定要外送，我必須重新習慣騎著機車的生活，這是我原本的生活，是誰也奪不去的生活。

和綠色山莊門口警衛打個招呼，閃過一輛飛快駛過的跑車，我找到了D座，乘著電梯直上11樓，按了電鈴，裝起一張笑臉等待著。咱們披薩店的招牌就是一張親切熱情的笑臉，店長有交代，不管心情如何，都要想像自己是個只會笑的白痴，笑到死，就對了。

我聽見一陣輕快的奔跑聲，同時聽見一邊轉開門鎖一邊說話的聲音：

「我就知道你一定會回……」

門開了，女人臉上的熱切忽然凍結，她一定剛剛哭過，聽見電鈴又笑了，看見我之後又愣了，所以，此刻她臉上的表情太複雜，很難形容。

「嗨！」我仍戴著笑容，像一個溫暖的太陽：「妳好。」

女人穿著一襲貼身的白色洋裝，稍顯瘦削的肩臂裸露著，看得出來她的身體緊綳，只有長髮自然的披垂著。

「你……要幹嘛？」她問。

從T恤到背心到長褲，明明白白宣告著「披薩外送」，難道我看起來還不像一個送披薩的嗎？但，我還是克盡職守的提醒她：

「這是您的海鮮百匯披薩。」

她又愣了三秒鐘，一邊關門一邊說：

「我不喜歡海鮮口味的。」

「喂喂喂！」我立刻伸出腳卡住門縫：「小姐！這是妳點的披薩沒錯吧？妳現在改變主意是不是太晚啦？」

她嘩地一下拉開門，對我喊叫：

「那個愛吃海鮮披薩的男人已經走啦！你為什麼不早點來？只要早五分鐘，他看見海鮮披薩也許就不會走了，為什麼？你為什麼不早點來——」

我啞然，無法出聲。

她臉上的那種絕望，震撼了我。我看過忿怒、哀傷，自憐，但，都不是絕望，絕望原來可以使周遭的生機頓成死灰。

「為什麼不早點來？」她垂著頭，喃喃地。

「我……我很抱歉。」我聽見自己說：「我應該早點來的。」

女人流著淚的臉忽然抬起來望著我，她有些迷惑：

「你為什麼要抱歉？該抱歉的人……一點也不抱歉。」

從震撼中漸漸恢復過來的我，只希望她可以付錢，我不在乎向她道歉。

她看起來很疲憊的樣子，將長髮掠到腦後，打量著我：

「暑假打工賺學費啊？」

我點頭，很用力的點頭。

「天氣這麼熱，很辛苦吧？」

「還好。」我小心翼翼的回答，希望可以博得她的同情。

她轉身進房裡去了，不一會兒就走出來，手上拿著一只錢包，我深吸一口氣，皇天不負苦心人。

「多少錢？」女人問。

「兩百三。」我趕忙將發票遞上。

她低頭掏錢的時候，我發現她的皮膚非常細緻，可能因為淚水的浸潤，還透著柔和的光亮。

接過錢，我把披薩遞給她，她卻不接，向後退了一步。

「可不可以請你……把披薩帶走？我不喜歡海鮮口味。」

我連忙收回披薩。向她說再見，飛也似的離開11樓，離開D座，離開綠色山莊。經過保全室向警衛打招呼，我忽然想起當我來的時候，有一輛跑車與我錯身。可能就是那個男人，愛吃海鮮披薩，卻辜負了女人的那個男人。

我與珊珊和阿畢一起吃著海鮮披薩，海鮮披薩的口味其實挺不錯的，我不明白那個女人為什麼不喜歡？我將這個披薩的來歷說給珊珊和阿畢聽，珊珊很能感同身受：

「如果是我，我就一輩子不吃海鮮披薩了，而且，我絕不會為這種男人掉一滴眼淚，不值得。」

我曾經擔心珊珊遇不到好男人，談戀愛會吃虧，看起來真是多慮了。

阿畢說他送過上千個披薩，運氣不錯，都沒碰到過這種「大場面」。

「只要平安度過農曆七月，就沒事啦。」他塞了滿嘴的披薩說。

「送披薩會有什麼問題？」

「咦，你沒聽過大龍的靈異故事喔？」

「拜託，阿畢你別跟他說這些五四三的好不好？」珊珊看起來快要翻臉的樣子。

阿畢聳聳肩不敢再說什麼。可是，當天下班前還是被我拗了出來。

我們店裡最講究的就是準時，大龍是店裡的第一代外送，「快送準時」的臂章每個月都能得一次。那年農曆七月，有位小姐打電話訂披薩，大龍送去的路上，正好遇見一個女學生的機車出了狀況，向他求助，他一時好心停下來，不過只耽誤了三、五分鐘，然而，送到目的地才發現那位小姐上吊氣絕了。只差兩、三分鐘，大龍如果準時抵達，就可以救下那位小姐，大家都猜測小姐並不是真的想死，她以為大龍會像往常一樣準時送到，據說她連大門都是開著的，就是不想拖延時間。但，大龍還是遲了。從那以後，大龍非常消沉，送披薩變成他最恐懼的事。

大龍離開店裡之後，他的奇遇仍時時被提起。我雖然沒見過他，卻彷彿可以理解他的心情。就像我每次跨上機車，其實還是忍不住忐忑，特別是大型貨車從我後面按喇叭，我便覺得全身寒毛都飆起來了。

恐懼，標記在我們的生命裡，永遠不會消失。

七月一號，店長備齊了所有祭品供奉好兄弟，我們每個人都恭恭敬敬的上香，祈求平安。珊珊不知從哪裡求來一個平安符，規定我必須戴著過完農曆七月。我很溫馴的把紅色布袋掛在胸前，讓她可以放心。

這一天，店長遞給我一個披薩，地址是綠色山莊D座11樓，我到達目的地，輕快地按了電鈴，沒有人回應。我看了看發票上記載的披薩口味，菲力黑椒蘑菇，原來她喜歡這種口味。為什麼不來開門呢？會不會是……我想到大龍，連忙又按了兩聲鈴，同時愈來愈害怕，我用力拍門。不能啊，千萬不要想不開，天下的男人這麼多，一定會遇見一個好男人的，我想到女人絕望的眼神，開門！開門！開門——

門開了，我看見女人紊亂的頭髮，她的白色洋裝和手腕上都是鮮血，果然，她想不開，她做了傻事。我扔下披薩，撲向她：

「妳幹嘛這樣做？妳幹嘛為一個男人把自己搞成這樣？妳坐下妳坐下，我打電話叫救護車——」

我推著她到沙發上，忙著尋找電話。

我感覺到她在拉我，一下比一下重。我不得不回頭看她。

「你不要緊張，我沒有受傷，也沒有想不開。」

沒有受傷，那麼，為什麼流這麼多血？

「我在調染料啦，這是我今天調配的染料，叫做『碎心紅』，你看，好不好看？」

我用力喘息著，仔細看著她。是的，那不是鮮血的顏色，也沒有鮮血的質感，對於鮮血我可是很熟悉的。

「是染料？」我再確認一次。

她點頭，然後問：「你來幹什麼？」

我長長吁了一口氣：「幫妳送披薩啊。」

「我沒叫披薩。」

「喂，拜託不要又來了。這次可是妳自己選的口味，不是海鮮百匯。」

「我真的沒叫披薩啊。」

好吧。反正我有證據，我把披薩上面的地址秀給她看：綠色山莊D座17樓。17樓？什麼時候變成17樓了？我明明看見上面寫的是11樓的啊。

「啊！」我慘叫一聲：「送錯了。」

「讓我看看這是什麼口味？」女人揭起盒蓋：「哇！有蘑菇耶，我的最愛。」

說時遲那時快，她已經取出一片送進嘴裡。我發出比剛才更慘烈的叫聲。

「妳幹嘛啊？又不是妳叫的。」

她津津有味的嚼著，含混不清的說：

「我為了配那個『碎心紅』，從昨晚到現在，一點東西都沒吃，我快餓死了嘛！」

「那……17樓要怎麼辦？」從來沒想到好心救人竟會惹麻煩上身，難道我那天燒香不夠真誠嗎？

「別擔心，我們想想辦法……啊，就說你的機車拋錨了，沒辦法發動，要去修車，請他們再做一個送去給17樓就好了。」

說真的，愈來愈笨的我，實在也想不出更好的辦法。

電話是珊珊接的，我最不希望的就是碰見她。

「你把披薩送去哪裡了？天王星啊？人家打電話來催了啦。」

「我、我……」該死的口吃：「我的機車壞了……」

「機車怎麼樣？你還好吧？發生什麼事了？你是不是又跟人家相撞了？」珊珊果然出現歇斯底里的症狀。

「我很好。活蹦亂跳，只是機車有點狀況，你們再幫17樓送一個披薩啦，拜託一下。」

「你不會騙我吧？好好的機車怎麼忽然壞了？你如果出了什麼事，一定要告訴我，不然我要怎麼跟媽交代。你聽見沒有？」

在我不斷信誓旦旦的保證自己絕對安全之後，珊珊才忿忿然的掛斷電話。那一瞬間，我有一種愧疚感，上次的意外真的帶給他們太大的打擊了。

「是女朋友喔？」女人笑嘻嘻的看著我。

「是我妹啦。好了，我該走了。」

「你在修機車呢，怎麼可能那麼快？陪我一起吃吧，反正我一個人也吃不完。」

我只好坐下來，和女人一起吃披薩，女人告訴我她的名字叫杜若，替服裝設計師染特殊的顏色，她還帶我去看她的工作室，許多染好的與待染的布，一疋疋的堆放著，一個染缸裡都是碎心紅的染料。牆壁的邊緣放著許多玻璃罐與大燒杯，裡面的色彩很繽紛。

「味道不太好聞，所以，我總要擺一大瓶的野薑花。」

其實，我聞不到染料的味道，也聞不到野薑花的味道。發生意外的時候，我正罹患重感冒，幾乎失去嗅覺。當我的身體被修補完成，嗅覺依然不知所蹤。有時候我想，或許就是因為我失去了嗅覺，才與死神擦肩而過吧。

我看著杜若廳中一大束雪白的野薑花，努力回想著它的氣味，卻徒勞無功。

我也把大龍的事說給她聽，不想讓她誤以為我是個辦事不牢的冒失鬼。

「我想，我不是那種會為了感情尋短的人，因為，我相信我所愛的男人，必然會回到我身邊。」

我又想起那個駕著跑車衝出綠色山莊的男人，他走得那麼迫不及待，義無反顧。他還會回來嗎？

「他回來過了？」我問。

「還沒有。他忙嘛。」

「那，如果，他一直都沒有回來呢？」

杜若怔了片刻，自言自語地說：

「我可以去找他啊，反正我們最後一定會在一起的。」

我張開嘴想說什麼，卻只是大大的咬了一口披薩，無味的咀嚼著。

執迷，也許就是某些人活下去的意義。

我總想起杜若，想到兩次相遇她截然不同的神態，第一次是個受情傷之苦的女子，第二次是沉浸在工作裡的快樂的孩子。我每次經過綠色山莊都想進去轉轉，甚至盼望能夠再見到她，只是，她還會記得我嗎？

過了幾天，珊珊替我請了半天假，讓我去醫院複診。我才走出披薩店不超過二十公尺，就遇見了杜若。

「阿源！嘿，真的是你啊。你這樣穿很好看喔。」她從車子的駕駛座探出頭來：「要去哪裡？我帶你一程。」

她記得我的。我不知道自己為什麼上了她的車，完全忘記要去醫院的事，一個小時之後，我們就到了海邊。夏日的海灘非常炎熱，杜若穿著很清涼的海灘裝，她好笑的看著我：「你可以脫掉上衣，我不會介意的。」

我搖搖頭，沒有說話。

「想不到你這麼保守，小心中暑囉。」

「我不是保守，只是……太難看了。」

我把自己去年發生重大車禍的事說給她聽，也把體內的鋼釘位置一一指給她看。她臉色凝重的注視著我，聽得非常專心。這是一件很奇怪的事，在醫院的時候，我的疼痛啦，恐懼啦，孤獨啦，都找不到人說。母親與珊珊都在我身邊，但我不想再增添她們的負擔了。同學們都來看我，他們努力的搞笑，希望可以讓我快樂一點，我也就從善如流的快樂著。

「最可怕的感覺是我變得好孤獨，好寂寞，晚上我睡著以後，就會看見病房裡好多人走來走去，有男有女，有大人和小孩，我猜想他們是已經死去的病人，來看看我什麼時候也會死去。但是我還不想死，為了我媽和珊珊，我不可以死。」

「阿源。」杜若輕輕擁抱住我：「你很勇敢。」

我的身體起著劇烈的震動，在這種溫柔的撫慰下。忽然，就像個受盡委屈的小孩一樣，低抑地、沉痛地，哭起來。

那天黃昏，我在杜若的要求下，脫下了恤衫，露出自己的身體。身體上的那些傷疤，記錄著大大小小許多次的手術，身體一次次被切開，然後再縫合。這是醫生與死神的競技場。杜若的長睫毛顫動著，用眼光仔細的巡邏過我的身體，她說：

「這是……上天重新裁縫過的，一點也不醜。真的。」

始終垂著頭的我，抬起頭來望向她，當她說了這句話，我的自憐與自卑忽然都消失了，我驀地感受到這個破碎又縫合的身體，充滿力量，無比莊嚴。這是一個被祝福的身體，可以感覺，可以愛。

杜若的手指輕輕觸在我凸起的疤痕上，這一個輕巧的碰觸，形成強烈的刺激，我抿住嘴防止自己呻吟出聲。

「還會痛嗎？」她的眼睛濕濕地，催眠一樣的問我。

催眠之下，我親吻了她的臉頰。

時間好像忽然凝固了，她一動也不動，我也不敢動。海潮聲充滿宇宙，喧嘩的沉默。

過了一會兒，她笑著起身，拍拍身上的沙子：

「時候不早了，該回去囉。」她說得若無其事。

那些沙子從她身上飄撒而下，紛紛地吹了我一臉一身。絲絲細微的疼痛感。

我覺得好像該向她說聲抱歉或是什麼的，卻又不知道該怎麼說，我的親吻並不是冒犯，而是一種感激。她載我到家，我下車，與她揮別，看著車子消失在街頭，久久地，我站著發獃，湧起如此清晰的失落感。

那是一種什麼樣的氣味呢？

我嗅不到她。當我靠近她的時候，當我親吻她的時候，我都嗅不到她。

從此之後，我總是密切注意著外送單，只要有綠色山莊的外送，都不放過。杜若沒有再叫過披薩，我每次送完披薩，就騎著車把山莊繞個好幾遍，也許會忽然遇見她，那麼，我只要和她打個招呼就好，只要知道她過得好就好。我在店裡專情的吃著菲力黑椒蘑菇，別種口味的一點興趣也沒有。

阿畢像個偵探似的研究我：「我看你是中了綠色山莊的蠱了吧？嘿！有問題喔。」

我根本不想理他，珊珊探照燈似的眼睛不知道已經瞄了我幾天了。他們都看出我的不同，我想，我是有些不同。我從來沒有如此迫切的想要看見某個人，哪怕只是她的背影也好。我不打算告訴任何人，那種孤寂感又浮現了，這一次，我因為懷抱著一個愛戀的秘密，充滿喜悅。我彷彿認識到另一個世界，更深沉也更溫存的世界。

十天之後，杜若來店裡找我，她一推開門，我就知道有事發生了。我向店長請了半天假，拉著杜若往外走，完全不理會珊珊詢問的眼光。

我們共騎一輛機車，往山裡去。才到半途便閃電打雷下起傾盆大雨，還好，我們在一幢廢棄的空屋裡暫時棲身。

「真不好意思，把你拉出來，你還在上班呢。」杜若往牆角靠了靠。

「沒關係的。」我說。我要怎樣才能說得清？我等著見到她已經等了這麼久，思念和渴望，使我變成一顆隨時引爆的炸彈，岌岌可危。

「我和他分手了。」她環抱住手臂，直視前方，輕輕地說。

閃電帶著一聲雷，好響亮。

「嘩！石破天驚啊！」我說。

杜若笑起來，緊繃的氣氛忽然輕鬆了。

我走到她旁邊，挨著她站著：

「發生什麼事了？」

「我二十歲就跟他在一起，已經八年了，除了他再沒有過別人，可是他總是追求自由，生活上的自由，就是不和我結婚，感情上的自由，就是滿天下的紅粉知己。我們為這些事不知道吵過多少回，現在可好了，他決定去澳洲發展，下個月就走了，竟然到今天才通知我。我明白了，他不只是要去澳洲，他也想和我一刀兩斷。我忽然覺得，好灰心，這麼多年都在做什麼呢？」

「八年……」我喃喃地：「真的好久啊。」

「是啊，久得足以讓所有美好的事物都腐壞了。」

「你們談過……確定要分手了？」

「他也許早就想分了吧，只是等我開口。好啦，我開口了，還他自由。」

「為什麼，妳……」我深吸一口氣：「會來找我談？」

「可能是因為，嗯……」杜若大概被我的問題嚇了一跳，她努力的字斟句酌：「我想，你經歷過那樣重大的事，所以，對很多事都很能理解吧。其實，很多朋友都勸過我離開他，我都沒理會。現在我還不想讓朋友知道，所以，我就想到你。」

「我以為妳想告訴我，我有機會了。」我說著，望向她的側臉。

她的臉上起著很複雜的變化，過了一會兒才說：「等你回到學校，機會一大把。」

我自嘲地笑了笑：

「等我回到學校，也許會更寂寞。」

「寂寞的時候，你可以來找我，我們是朋友吧？」

「當然是，我們是患難之交。」我儘量說得很輕鬆，心中卻很惆悵，為什麼她只願意當我的朋友？

「雨停了耶。」杜若走到屋外，張開雙臂：「嗯，下過雨的山裡空氣好新鮮。」

我站在她身後，抑制著想攬抱她並且親吻的欲念，像個雕像似的挺立著。

「阿源，你有沒有聞到？」

「什麼？」

「野薑花啊，我最愛的野薑花，好香啊。附近一定有野薑花，我們偷偷摘一點帶回去，好不好？」

我在山谷裡看見一叢叢野薑花，毫不猶豫的往下走去。

「阿源。你小心點！」杜若在後面叫著。

她的叮嚀與珊珊的就是不一樣，知道她為我擔憂，感覺是甜蜜的，知道她正注視著我的背影，我的背部便燎燒起來。

山谷裡淺淺的水澤，雨後更潮濕了，我嗅不到野薑花的氣味，卻可以想像它們是何等放肆野冽，用香氣席捲了整座山谷。就像杜若用她特有的聲音與情態，席捲了整個的我。

我挑選了好幾株含苞待放的野薑花，杜若帶回家之後，還可以維持一段時間，當她調配出一種新的染料，身心俱疲的時候，野薑花正好盛開，輕輕的用香氣環抱著她，必然會令她感到愉悅幸福的。

捧著一束野薑花往回走，我的全身忽然起著一種酥麻的癢，就像是那些傷口即將癒合時的難以忍受的煎熬，難道我渾身的傷口都迸裂了嗎？我強忍著，將花遞給杜若。

「謝謝！」杜若很快樂的接過來，她看著花蹙眉頭：「好多螞蟻。」

她的眼光轉向我，睜大眼睛非常驚恐的樣子：

「我的天！阿源，你的身上全是螞蟻——」

原來我在採花的時候，大黑螞蟻從花上爬到我的身上，牠們的爬行造成了這種可怕的癢，杜若扔下花，我們拍拍打打，將身上的螞蟻清除掉。

「我還以為妳拒絕了我，我就裂開了，原來是螞蟻……」我開玩笑的說。

「都是我不好，一定難受死了。」杜若的眼睛濕亮亮的，真要命。

「這算不了什麼的，我願意為妳做任何事，妳知道的，我是真的真的……」喜歡妳。這三個字被她吃掉了。

杜若的嘴唇覆在我的唇上，非常柔軟的，難以形容的觸感，我在暈眩中努力站立，我應該將嘴張開嗎？我應該擁抱住她嗎？她吻了我是不是表示她接受我了？天啊，她在親吻我。

在我還沒決定下一步要怎麼做之前，她的唇離開我的，嘆息般的說：「我們回去吧。」

回程的路上，我們什麼話都沒有說。杜若在後座環抱著我的腰，她的臉貼著我的背，我沒有證實，卻感覺到她在前進的速度裡流淚。是為了那段八年的愛戀？還是為了我這個不顧一切的少年？

一個禮拜之後，我遠遠離開披薩店，離開了綠色山莊，到了表姐阿如的山中民宿去當服務生了。如果不離開，我怕自己會崩潰，那天的野薑花事件也許就是一個徵兆，我願意為她做任何事，她卻讓我嘗到碎裂的痛楚。

表姐夫到大陸去，不放心表姐和小孩，特地拜託我去幫忙。行李是珊珊替我收拾的，她說山上對我比較好，空氣新鮮，換個環境，一切都會過去的。我忽然發覺珊珊一直都是知道的，她只是不拆穿，但她都懂。她知道我發生了什麼事，她知道我曾陷入怎樣的狂喜，現在又有多麼無助。

臨走的時候，我回身抱住珊珊，她好像嚇了一跳，拍拍我的背，像個小母親似的：「沒事的……沒事了。」

我對她說：「謝謝。」原來我並不是真的那麼孤寂的。

表姐看見我很興奮：「壯丁！壯丁！有你在土匪來都不怕了。」

「是啊！我最會撞車，撞了還不死！」我自我調侃地。

我看了民宿木屋裡的八個房間，全是空的，又上網去更新了網頁資料，建議表姐在暑假期間推出特惠專案，比方兩人住宿一人免費啦，全家同行孩童免費加床啦，表姐全交給我負責，她有些消沉地：「這種時候誰會上山來，山路不好走，標示又不清楚，有時候連我都會迷路。」

「山上這麼美，改天我拍幾張數位照片，傳上網，一定會有人來的啦！安啦。」

半夜一點多，表姐看見我還掛在網上，她走來問我：「睡不著喔？」

「還不想睡。吵到妳啦？」

「沒啦，我是……我聽說，你，失戀囉。還好吧？」

我笑了笑：「我是壯丁！這種事算得了什麼？」

「聽你這樣說，我就放心了啦。早點睡啦，不然身體會搞壞。」

表姐離開之後，我熄了燈，走到門外的廊簷下，席地而坐，滿天星光異常閃耀，在城市裡不管多富有的人，都看不見這樣的星光。我應該覺得自己很富有的，卻感到空虛憂傷。

因為我的愛戀，終究沒能讓杜若接受。

就在我們上山的第三天，我約她去看電影，她告訴我她不能去。

「我男朋友在這裡。」

「妳說什麼？你們不是已經分手了嗎？搞什麼？」

「他仔細想清楚了，我們在一起那麼多年，誰也離不開誰了，我想，我會和他一起去澳洲吧。」

「那……那我怎麼辦？」

「很抱歉。阿源，我不想傷害你的……」

「我要見妳。我要見妳——」

我的狂熱可能嚇到了杜若，她有些惶然：「現在不行，過幾天吧，現在太混亂了，過幾天我會和你見面的。」

「我到底算什麼？」我的胸腔快要爆裂開來：「我只是個替身，妳從來沒有對我認真過，對不對？」

我掛上電話，我不想等待她過幾天和我見面，我知道一切都不可能了，她說過她終究要和她愛的男人在一起的，她果然達成願望了，我又算什麼呢？我只是一個朋友，只是朋友。其實我並不怨她，只是無法留在披薩店裡，我發獃的時候愈來愈多，所幸表姐的民宿收留了我。我相信自己會慢慢好起來的，就像被貨車撞翻了飛出去的那一刻，我以為必然逃不過了，卻還是漸漸痊癒。

星光下的我的身體，淺淺的藍，就像是被染色了。杜若的神奇的手指輕輕碰觸我的那一刻，是不是便將我的生命染上了顏色，專屬於她的顏色，不管到哪裡去，都標示著對她的想念。

新的資料傳上網頁之後，打電話來詢問的人愈來愈多，九月裡訂房率已經有六成了，十月和十一月也有了三、四成，還沒到中秋，表姐的臉已經像月餅一樣圓。只是農曆七月依舊門可羅雀，我趁著這個空檔，把木屋好好粉刷油漆一下，累到腰痠背痛，便早早上床，也矯正了我的睡眠時間，我想，這樣開學就不會那麼辛苦了。

那天我不到九點就上了床，才貼著枕頭，立即沉沉睡去。不知道睡了多久，忽然被人搖醒。

「好可怕！阿源，你快點去看看啊！」

我看見披頭散髮的表姐站在我的床前，才真是可怕呢。

「什麼事？」

表姐說快要十一點了，電話一直響，接起來又沒人講話，已經鬧了幾次，現在更恐怖，有個女鬼，在門外一直敲門。

「女鬼？」農曆七月還沒過去嗎？

表姐說這是最後一天，她說的時候一邊打哆嗦，我的汗毛也跟著豎起來。一般來說不可能有人這時候來投宿的，除非真的是……

「我去，去看看吧。」有什麼辦法呢？誰教我是壯丁？

我隨意披件襯衫，表姐塞了一根高爾夫球桿到我手裡，我們像連體嬰一樣的往前面櫃檯走去，咚咚的敲門聲果然響起。

「又來了。你聽見了吧？」表姐抓住我的手臂，她的指甲嵌進我的肉，啊，我輕輕叫起來。

「怎麼了怎麼了？」

「痛啊。」我拔起她的指甲。

我們同時看見門外站著一個穿著白衣裳的女人，她沒有臉，黑色的長髮披垂下來，就像那些鬼片裡面女鬼的造型。

「啊——」表姐的尖叫聲幾乎讓屋頂都掀起來。

我也張大嘴準備吼叫，女人忽然轉過頭來，啊——

杜若？

我看見杜若倉皇失措的臉，原來，我們剛才看到的是她的背影。她大概也被我們的驚聲尖叫嚇壞了。

「是我的朋友啦！」我衝去開門。

「夭壽乀，半夜裡穿白衣服是會嚇死人咧。」表姐一邊嘀咕一邊將所有的燈都開亮。

「妳怎麼來了？」我掩不住看見她的興奮。

「你妹妹告訴我你在這裡，可是地址她也說不清，我中午就出發了，一直迷路，東轉西轉到現在，我打過電話來也沒接通……」

「電話都是妳打的喔？我們山上手機都不靈光啦，害我們嚇得要死。」表姐還在抱怨。

我請她去整理一個房間，給杜若過夜，廳裡便只剩下我們兩個人了，杜若看起來很疲憊，如果她一直沒找到我，要怎麼辦呢？

「要來為什麼不告訴我？」

「我不知道你想不想看見我？」

「怎麼會不想？」我說了之後，又覺得自己說得太多：「妳還沒吃東西吧？」

她點點頭：「起先很餓，後來怕到都不知道餓了。」

我為她簡單的做了一個青椒牛肉炒飯，煮了一盅蘑菇湯，看著她吃，她真是餓了，把飯和湯都吃得乾乾淨淨，心滿意足的表情。

「想不到你手藝這麼好。」

「我的手藝啊，我的心意啊，都想奉獻給妳，是妳不想要的嘛。」我像小孩子似的說。

「下個月，我就去澳洲了。」

原來，她是來向我道別的。

「我想也是。那是妳想要的男人，妳終於可以擁有他了，這是一件好事。」

「阿源。」她很認真的盯著我：「你不是替身，絕對不是。我喜歡和你在一起的感覺，很輕鬆，很愉快，你願意為我做很多事，都是他從來沒為我做過的。我想過，如果你比他先出現，就一定是你了。可是……」

我苦苦的笑了，從我第一次出現在她面前，她就問我「你為什麼不早點來？」也許，我和她注定只能錯過。

「我太年輕了。」我想，就因為我年輕，錯過了太多。

「我遇見他的時候，比你現在還年輕，這麼多年過去了，很多感情已經根深柢固了，真的不是說放就能放的。可是，你的出現對我很重要，就像是……那些野薑花，那麼美，那麼香。」

「野薑花，很快就凋謝了。」

「可是，你聞過它的味道，永遠都忘不掉。」

對於一個失去嗅覺的人來說，這不是一個好的安慰。

我送她到房間，告訴她房裡有毛巾牙刷和熱水，她的手指圈住我的手指，使我的話語停止。我看著她，她的頭微微傾斜著，長髮柔媚的垂在肩上，她的眼睛漾著奇異的光，似星辰，似水波，我的心臟陡然一震。她的雙頰緋紅，輕聲如夢囈地：

「你可以留在這裡……陪我。」

我聽見自己喉頭滾動的聲響，她不只是來道別的，她要送我一個珍貴的禮物，一個永恆的紀念。我忽然好想哭。

許多感覺劇烈的撞擊著我，使我幾乎承受不了。

我將她涼涼的手指湊到唇邊，很溫柔的吻遍每一根，我捉住她的兩隻手，緊緊的捉住，對她說：

「我想要的不是一個夜晚，是一輩子。我不會用一個夜晚來交換一輩子，妳要記住，我會等妳，不是一夜，是一輩子。」

我轉身走開，沒有聽見杜若關上門的聲音，我硬撐著，沒有回頭。

我真怕自己會改變主意，所以囑咐表姐招呼杜若，我便到山裡去找兔子愛吃的草葉了，表姐的兩個小鬼養了一窩兔子，我答應他們要去找草葉的。在山徑的另一頭，我看見杜若向我走來，她的白色裙襬掃過山徑，一路的野薑花便出現了，彷彿是從她的裙襬裡開出來的。我先前竟沒留意到這麼多野薑花。

「早啊。睡得還好嗎？」我問她。

「我要下山了。」她說著遞給我一包東西：「送給你的。」

我拆開來，是一床百衲被，用各種顏色的布拼湊而成的。

「我認得……」我指著鮮豔欲滴的紅色：「這是『碎心紅』。」

「這是認識你的這段日子配出來的幾種顏色，我把它們拼成一張涼被，以前人認為百衲被能使小孩平安長大，什麼都不懼怕。」

我把被子貼在胸前，洶洶地感受到別離的不捨與感傷。

「我沒有什麼東西可以送妳……」

「你送過我了，很特別的禮物。你要好好過生活，答應我？」

我點頭，除了點頭，不知道還能說什麼。我看見杜若眼裡浮起的淚光，她點點頭，轉身離開了。我站著，看她一步一步遠去，我把涼被緊壓在胸口，好像是個繃帶。我站著，用力呼吸，讓肺部完全打開，忽然，我感覺像是被什麼東西襲擊了，緩緩包圍了，滲透全身。野薑花，是野薑花，野薑花的肆無忌憚的香氣，像一柄利劍，將我劈開。我可以嗅聞，我的嗅覺恢復了。

我跑到更高的地方，可以俯瞰停車場，杜若正走到車邊，我大聲喚她。

她尋聲看見高處的我。我想告訴她，我的嗅覺恢復了，我可以聞到味道了，可是我想到，我從沒告訴過她，失去嗅覺的這件事。

「妳一定要幸福！」我對她喊著，也對著整個宇宙喊：「如果他不能給妳幸福，我會給妳幸福！」

她對我揮揮手，開著車子離去。

野薑花很快就凋謝了。

可是，你聞過它的味道，永遠都忘不掉。

我一個人留在山上，久久不願離開。野薑花的氣味，蕨類孢子的氣味，相思木的氣味，月桃花的氣味，山泉流過青苔的氣味，折斷的樹枝的氣味，知了蛻殼的氣味，飛鳥振動毛羽的氣味，這麼多這麼豐富的氣味，如同壯觀的交響樂。我在氣味中微微顫慄，像是第一次的嗅聞，宛若新生。

（選自二〇〇四年《芬芳》）

雨後

我怔怔站立著。真的下雨了，旱季已經過去了。

我站在雨中，而我的內心焦荒。

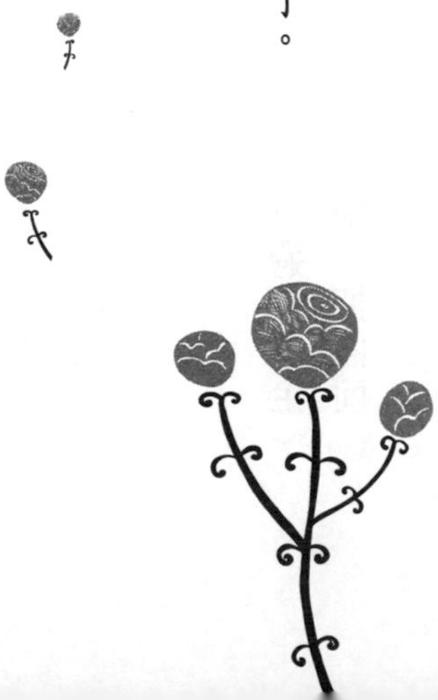

懸崖月臺

我總覺得遲早會出事的，那個像懸崖似的月臺。

從這個捷運站剛剛建好，高高架起在半空中，我仰望著站立在月臺邊緣等車的人，那些男人或女人，就像是佇立在危崖上，只要有一陣大風，就能把他們吹落了。心裡便覺得不安。

其他人難道不會有這樣的感覺嗎？

在許多有地鐵或是捷運的城市裡，每天都會有人墜落鐵軌中，被車碾過。甚至在地球另一半的那座罪惡的大城，有些精神病還專門等著列車進站那一瞬，把面前的人推下月臺，為的是聆聽肉體被沉重金屬撞擊的聲音。

這個世界病了。

鄰近國家有的已經把地鐵月臺上全部建起安全門來，保護他們的市民。

我不明白，為什麼我們的乘客還是要站在絕壁上等車？命懸一線。

雨後的城市，變得透澈了，正好適合取景，我一路上已經看到不少可以表現這次主題的景色，一次次按下快門，攝取入鏡。

「城市裡的孤獨感」，是主編給我的題目。

「你知道的，不管有多少人在你身邊來來去去，不管這個城市有多熱鬧繁華，人們還是寂寞的，還是孤獨的。你明白我的意思嗎？」主編莎莎的臉朝我壓過來，使我有一瞬間，呼吸不大順暢。

我不知道她為什麼一直要問「你明白我的意思嗎」？她的意思並不難明白，她的香水味倒是令我不大好受。

「你總是悶不吭聲，莎莎性子急，當然要一再確認囉。」同事小琦看見我露出困惑的表情，便這樣對我說。

「是。」我點點頭，表示明白了。

原來，在他們眼中，我是個沉默的人。

但，我常常和自己交談，在每一次按下快門的時刻，都是一種對話。

我擎起相機，對準高架月臺，那裡有幾個人在等車。這不是上下班的巔峰時段，這也不是轉運大站，這一站有個美麗的名字，叫做「彩虹」，靠近水岸邊，有時候會有鷗鷺飛過。

我的鏡頭被一個纖瘦的女人吸引，她戴一頂帽子，看不清容貌，穿一襲淺藍色洋裝，陽光從雲層後面薄薄的投射在她身上，像被鑲了個金邊。我會注意到她，是因為她離月臺太近了，而且，看起來有種奇異的危險感覺。她彷彿在試著什麼，測試風速，或是自己的重量。

列車隆隆駛來，每次進站都捲起一陣大風，我看見月臺上的人都往後退，只有她一點也不退。列車還沒到，風已經先一步席捲而來，掀飛了她的長髮與下襬。

這女人不對勁。

我張開嘴發出驚叫聲，我看見她的帽子被吹跑，而她張開手臂，失去重力那樣的往月臺下墜。

我下意識的閉上雙眼，約莫只有一秒鐘，再睜眼的時候，列車進了站，緩緩停下來。

「Shit!」冷汗從脊背竄出來：「Shit! Shit!」

我就知道一定會出事的。

我衝過馬路，往捷運站跑，還沒進站，列車竟然起動，離開了。有沒有搞錯啊？不是出人命了？竟然就這樣跑掉了？趕時間也不能這麼冷血吧？

「出事啦！」我對站務員吼叫，一邊往月臺上奔跑。

站務員追上我問出了什麼事？

「撞死人啦！」我的聲音沙啞，我猜想我的臉色肯定也很慘白。

「什麼？」站務員也被嚇到了：「哪裡撞死人了？」

「這裡啊。剛剛那臺車，撞到人了！」我一邊說著一邊跑到月臺上。

月臺上幾個女學生正在談笑，一個老婦人牽著小男孩，一對小情侶卿卿我我，還有幾個中年人背著登山包，他們都用怪異的眼光打量我。

我全然不理會，沿著月臺邊緣跑，一邊檢視著鐵軌。

鐵軌被車輪高速打磨，是一逕的光滑，有些積水，倒映著藍色的天空。沒有殘骸，沒有血跡，什麼都沒有。

只有我的喘息。

「你在哪裡看見有人被撞的？」站務員問我。

「我從對面的馬路看見的，我確實看見了，一個女人……」

「你會不會看錯啦？」

「我有拍到一張照片，可以給你看……」我正低下頭來檢視數位相機，忽然，我看見了。

就在對街，我剛剛仰望著捷運月臺的位置，一個穿著藍色洋裝的女人，正把一頂帽子戴在頭上。

我從站務員身邊拔足狂奔，飛也似的離開捷運站。

我曾經是個田徑好手，當我聽見風聲切割過耳邊，就知道自己已經到達極限了。我大概只用了十五秒鐘，就跑到了藍衣女人的面前。

「小姐！對不起，小姐，我……妳，妳沒事吧？」

女人停下來，她脫下帽子，直視著我：

「我們認識嗎？」

我看著她的眼睛，簡直不敢相信。

我以為自己永遠不會再遇見她了，永遠不會了。

有段歲月裡，我甚至以為她已經離開人世了。

這是今生我唯一深深戀慕過的女人啊。

「水雲。妳是水雲？」我顫抖著。

「季子惟。」她叫出我的名字。

我覺得重返人間的不是她，而是我已經死去好多年的靈魂。

背影獨白

水雲是我最狂情的秘密，我對她的愛戀，瞞住了所有人，也瞞住了她。

那時候，我們都是高中生，她給我的總是背影。

可是，連那沒有表情的背影，也讓我怦然心動。偶爾，她的眼光淡淡掠過我，我便感覺內在的空洞被溫柔的填補了。

水雲的身體不太好。大家都這麼說，聽說是血液方面的問題，可能與她的身世有關，她有四分之一俄羅斯血統，比一般女孩更白皙，她的眼珠子有著淡淡的灰藍色。那時候，同學們因為她而對舊俄皇家起了極大興趣，說是歷史上有記載，俄皇的家族就有血液方面的問題，水雲的祖母可能就是俄皇的後裔，那麼，水雲算起來應該是公主了。

我很少看見她的笑容，有一次，走過一家俄國餐廳，透過櫥窗看見水雲和她的家人坐在一起，他們不知道在談什麼，忽然大笑起來。

水雲笑得歪倚住她的母親，臉上浮起緋紅色，當她終於停住笑，轉過臉來，正正的攫住我的目光。我竟然就這樣傻傻的，忘情的站在窗前盯著她看。這一下，臉紅的人換成了我。

水雲含著微笑，對我微微頷首。

我卻像是被逮個正著的賊，一溜煙的跑掉了。

水雲是幸福的，水雲很快樂，這景象讓我獲得很大的安慰。將來有一天，等到我有了能力，也要讓她這樣幸福快樂。

我對自己發誓。

只是，一場火災，改變了一切。

我們在高中最後一年的寒假裡，畢業旅行，水雲也參加了，她的家人卻在電線走火引發的火災中，意外被燒死，只賸她一個人倖存。

「應該死的人不是我嗎？為什麼他們都死了，我卻活著？」她問導師。

沒有人能夠回答。

她用盡各種方法自殺，吞安眠藥、割腕、開瓦斯……直到她的姑姑從外國回來，把她帶走。

我想盡辦法，打聽到她住的地方，在她臨行前一天，跑去按鈴。開門的是個高大纖細的棕髮女人，她的眼珠子是更深一些的灰藍色，我猜想應該是水雲的姑姑。我請求她讓我見見水雲，讓我與她話別。

水雲坐在窗邊，正在注射點滴，她的頭髮束起來，穿一件寬鬆的袍子，精緻的臉孔像個瓷娃娃。我走到她的面前，想跟她說話，可是，不知道該說些什麼。

「水雲。」我笨拙地：「我是季子惟。我是，季子惟……」

水雲的神情呆滯，連眼睛都不轉一下，她的眼瞳被陽光照成了剔透的玻璃珠子。

「妳一定要回來喔。」我自顧自的說著：「要不然，我會去找妳的。天涯海角，都會找到妳的。」

我沒有話可以說了，退後幾步，注視著她的背影，那樣削薄的雙肩，微微下垂的優美。為什麼我會這麼喜歡妳呢？我痴痴的看著她的背影，為什麼我從來沒有得到，就要失去妳了呢？等到以後我們再相逢，妳肯定是不會記得我的了。

「季子惟。」在這初夏的街頭，在我們分離十年之後，她竟然叫出我的名字，她竟然出現在我的面前。

「原來，是你。」她說了一句古怪的話。

「我剛剛看見妳……」我把「掉下月臺被車碾過」的話吞進去，變成了含意模糊的：「在月臺上。」

「你看見了？」她的眼睛轉向月臺：「可是，我並不在月臺。我在走路，你可能看錯了。」

「我看得很清楚，我……」

「啊。」她若有所悟的說：「我知道了。你看見的是幻影，海市蜃樓。」

海市蜃樓。天啊！這些年來，我不時從各種管道聽見她的消息，說她在那個國家結婚了；在某個城市病逝了，這裡那裡，她才是我的海市蜃樓。

「妳什麼時候回來的？」

「快一年了。」

「我，我一直……」我發現自己有點喘，當我被困住的時候，這種感覺就會出現了。一見到水雲，我就覺得自己被困住。

「我沒想到，還會見到妳。」

「是啊。世事難料嘛。」她微微瞇起眼睛。

不能。不可以。絕對不能再錯過這個機會了。

「請妳喝咖啡。」我的態度簡直是莽撞的。

然而，她竟然答應了，我們一起走向水岸邊，那裡有一些露天咖啡座。

那是第一次，我和水雲的約會。

她對我說了自己的事，她說她隨著姑姑出國之後，花了好長一段時間治療，她說她一直想要死，直到後來有了一個奇遇。

什麼樣的奇遇？是愛情嗎？她不再說，我也就不問了。

「我今天是出門找房子的，原本租的房子，房東兒子結婚，要收回去了。這下可好，我變得無家可歸了。」她一邊說著，一邊撥弄著手腕上的水晶珠鍊。

「我可以幫妳找房子，反正我的工作就是到處跑來跑去的。」

「房東叫我明天就搬走。」

「什麼？太不近人情了！我去跟他理論，怎麼可以這樣？」

「其實，他三個月前就跟我說了，我只是在等啊等的……」

「妳等什麼？」

「等著雨季過去，今天是最後一場雨，旱季就要來了。」

我並不明白，找房子跟雨季旱季有什麼關連，我想，我不明白的事還有很多，可是，沒找到房子就得搬家，卻是很現實的問題。

「那，怎麼辦啊？」
「我看，我得在公園裡睡幾天了。」她的眼珠灰了下去。
「去我家吧。」我脫口而出，也顧不得莽撞了：「我租了個套房，妳可以睡床上，我睡沙發。過兩天，我拿個休假，陪妳去找房子。這樣好嗎？」
「季子惟。當年是你，對嗎？」
是的。是我，那站在妳的面前向妳告別的人，凝望著妳的背影偷偷落淚的人，喜歡著妳喜歡得刻骨銘心的，都是我。這一次，我不會輕易放開手了，我要好好把握。
我站起身，輕聲說：「走吧。我們去搬東西。」
不管她曾經遭遇過什麼，我都要好好照顧她。這是我可以確認的事。
水雲的東西比我想像得還要少，家具都是房東的，她只收拾出一個箱子和一盆香草，就跟著我離開了。
她跟著我來到頂樓加蓋的套房，也不開箱，捧抱著自己的香草盆，逕自走到了屋外，在欄杆上安放好花盆，便站住不動了。
夕陽籠罩著整座盆地，也把她暈染成紅黃色澤，我倚在門邊看著那個背影，恍然若夢。會不會天黑以後，她就消失了？

水雲並沒有消失，她就在我的屋子裡住下來了，這屋子倒像是量著她的身做的，相當合適。每天早晨，她到天臺上澆花，並不用水管淋水，而是用勺子舀了水，一滴也不浪費的傾進花盆裡。她做一些簡單的輕食，喝很多牛奶，完全沒有想要找房子的打算。

我和她的相處，常常是寂靜無聲的。我在一旁悄悄打量她，她的動作輕緩靈巧，極富韻律，倒像是某種優美的舞蹈。看著看著，我便癡了。

她有時候突然捉住我的眼神，就像多年前在餐廳裡的那一瞥，依然令我緊張得心跳加速。

原來，即使是在沒有相見的日子裡，我對她的情感仍日以繼夜的滋長著，不曾停息。

在辦公室裡，我不只一次對著電腦上的這張照片發獃。

高高的如同絕壁的月臺上，水雲雙臂張開來像翅膀，她的身體前傾，彷彿即將凌空飛去，而在相片另一邊，列車正快速駛來，就要撞上去了。

照相機能把我們的幻覺照出來嗎？

小琦有一次從我背後經過，大小聲的嚷嚷：「嘩！這是哪部電影的劇照啊？還是你做出來的合成？太炫了！」

原來，其他人也看得到。

我一直沒有把這張照片給水雲看，我不想為難她，為難她也就是為難我自己。像現在這樣不是很好嗎？在我內心深處，可能已經認定，她終究是要離開的，因此，每一分鐘可以看著她的時光，對我來說，都很珍貴。

那一天，原本約定好訪問的名人臨時取消通告，我決定去拍開發過度的山坡地，才發現自己少帶了一個廣角鏡頭。眼看著陽光很好，不拍實在可惜，決定回家去取鏡頭。

我掏出鑰匙來準備開門，忽然看見從門縫裡流出一些東西來，定睛一看，是彩色的光亮，從門內湧流出來。我小心翼翼的開了門，套房裡沒有人，卻有著七色彩光流動，就像是頑皮的孩子用稜鏡閃出來的效果。

我往天臺移動，首先聽見了水雲的聲音：「他對我很好……可是，我不快樂。我只想跟你在一起。」

「孩子會生出來嗎？真的會嗎？我會變成一個母親……到那個時候，你會帶我走嗎？」

我看見了水雲，她坐在一張椅子上，被七彩光亮所圍繞，那道光亮就像是一條大蟒蛇似的，充滿力量的，激情的裹纏著她。從那道光亮本身迸出一些細小的光亮，如同瀑布濺出的水流，擊打在牆壁上，簡直就像放煙火似的，整個天臺都是七彩光流噴湧。

在彩光的纏繞中，水雲放鬆了軀體，整個人緩緩騰空，她的頭往後垂，舒適的閉上雙眼，發出低低的呻吟聲。像是回應著她的呻吟，那道彩光忽然發出一種極詭異的鳴叫聲，音頻很高，令人難以忍受。

啊！

我聽見自己的喊聲，非常費力，如同在夢中，很不真實。

在我的喊叫中，水雲跌回座椅，那些彩光迅速消失。一隻鳥飛過，發出啼叫，我才意識到四周如此安靜。

水雲睜圓雙眼，驚悸的看著我，從她的眼光中，我知道自己的表情有多恐怖。

我重重喘息，沿著牆滑坐在地上，我發現自己渾身都在顫抖，雙腿像棉花似的，一點力氣都沒有。

這是一場夢，是一場夢啊，為什麼醒不過來？

我用力閉上眼睛再睜開，啊！

水雲正俯望著我。

「季子惟。你還好吧？」

我把抱著頭的雙臂鬆開，撐起身子，意圖站起來，果然搖搖晃晃的站起來了。

「妳，為什麼……」我吶吶地，有些不知所云。

「對不起喔，嚇到你了吧……」

「剛剛是，怎麼回事？」我猛地指著她：「不要再說，『海市蜃樓』這樣的話了！」

「季子惟。我可以告訴你，整件事情，可是，你不會相信的。你會認為我瘋了，你會把我送去精神病院……」

我退後一步看著她，她是精神病嗎？我不知道，經過剛剛那一幕，再沒有什麼不可能的事了。

「你不能送我去精神病院，我已經懷孕了，我要把孩子生下來。」

「妳說什麼？」我迅速打量她的肚腹，看不出隆起的樣子。

「我知道你會好好照顧我的，我知道你是這個世界上我唯一能夠信任的人，從我們都還小的時候，我就知道了……」她伸出手，輕輕撫過我的臉頰，那隻涼涼的手，停在我的耳朵上，溫柔的擰住我的耳珠。

淚水衝進我的眼眶。原來，她一直都知道的。

「妳告訴我吧。」我把眼淚逼回去，抬起頭直視著她的眼睛：「我會照顧妳的。」

水雲開始述說一個匪夷所思的故事，說她隨著姑姑去到國外，不久就因為慣性自殺被送到精神病院治療。她說自己從醫院逃出來，去到一處絕壁，想要跳崖的時候，遇見了「那個人」。那人救了她，帶她離開醫院，她說她愛上了「那個人」，她想成為他的妻子，可是，他們不能在一起。

「不能在一起？他是個外星人嗎？」我發覺自己有點不懷好意。

「起初我也以為他是外星人，可是，他有身體肌膚，他那麼溫柔，跟他做愛的時候，又那麼狂野……」

「所以，孩子是他的囉？」我打斷了水雲。

她的臉紅紅的，彷彿還沉浸在狂野的記憶中。雙眼水亮水亮的，點了點頭。

「遇見他之後，我再也不想死了。他說如果有了孩子，我會過得更好一些。他希望我回到人群裡，把孩子生下來。那一天，他告訴我，會有一個人好好照顧我，然後，我就見到了你。才知道，原來，是你。」

原來，是你。

我記得初相逢那天，她確實說過這句沒頭沒尾的話。

我是被「那個人」揀選好了的，原來如此。

「『那個人』到底是什麼呢？」

「你剛剛已經看見了……他希望你能看見他……」

「我看見的是，亂七八糟的光亮，五顏六色的。」我有點煩躁，原來，這也是安排好的。

「是七種顏色，紅、橙、黃、綠、藍、靛、紫。」

「彩虹。」我下意識的脫口而出：「七色彩虹。」

水雲不語，一朵微笑含在唇邊。

我怔怔地看著她。

「旱季裡沒有雨，很難看見他，我只好用水晶召喚他來見面。下次要再跟他見面，就得等到旱季過去了。」她說著，轉了轉腕上的七彩水晶：「如果你很難接受，就當作是幻覺吧，我只是用水晶玩了點遊戲罷了。」

她轉動著水晶珠鍊，七彩的光芒直接射入我的眼瞳，我連忙閉上眼睛。

閉上眼睛的時候，我在想，會不會等我睜開眼，發現這一切果然是夢？

雨季再臨

我從沒有經歷過這樣的人生抉擇，這個讓我懸念愛戀許多年的女人，就在我身邊，她卻是心有所屬的，並且還懷了那個人的孩子。

雖然她以為她在跟彩虹戀愛，我卻帶著她去婦產科做了驗孕，檢查完畢之後，護士公布結果：「已經差不多有三個月了吧？看起來還滿健康的，飲食和睡眠都好嗎？」

真的是懷孕了啊。不是幻覺，是一個事實。還是一個健康的胎兒。她的飲食和睡眠都不錯，倒是我吃不好也睡不著了。

從婦產科出來，我們散步去逛超市，我推著推車，陪在她身邊買哈密瓜，我們看起來是否就像一對小夫妻呢？買了哈密瓜和青菜，牛奶與麵包，前方有一個「嬰兒與母親」專區，懸吊著一些孕婦裝。

水雲停住腳步，注視著那些衣裳。

「去挑一件合適的吧。很快就會需要了。」我鼓勵著她。

她轉頭看我，眼光裡有著詫異與感激。我輕輕拍了拍她的背：

「我去看DVD，待會兒再來找妳。」

我離開了那個區域，並沒有去找DVD，而是經過了奶粉區域，看見一對男女，女人是孕婦，男人看起來是她的丈夫，他們正拿起一罐奶粉。

「我姐說的就是這種，對孕婦和嬰兒都很營養的。聽說這牌子最好。」

「是嗎？」丈夫拿起奶粉罐反覆端詳。

我走過去，拿起兩罐，看了看標價，果然不便宜。我捧著兩罐奶粉，走在貨架中間，覺得自己真像是一個父親了。

當我逛回孕婦裝區，水雲已經穿上一件小碎花的孕婦裝了，售貨小姐正殷勤的告訴她，她的皮膚白，穿起來漂亮。

「好看嗎？」水雲從鏡子裡問我。

我微笑地點點頭，付了錢。售貨小姐離開的時候，我把奶粉遞給水雲看：「聽說這個孕婦專用的奶粉，很營養的。」

「我知道這個奶粉，很貴的。」水雲靠近我，她的臉湊過來，輕快在我臉頰上啄了一下：「謝謝你，謝謝。」

我真的不在意，她的另一個男人是誰？也不在意她懷了別人的孩子。如果她可以留在我身邊，我們就會是親愛的一家人，以後的以後，說不定我們還能生下自己的孩子。

「妳願意一直在我身邊嗎？」那天晚上，我這樣問她。

「季子惟。」水雲安撫一個孩子似的拍拍我的手背：「你好多天沒睡啦，你該去泡個澡，好好睡一覺了。」

這就是她的答案。

我很聽話的泡了澡，當她上床睡下之後，我繼續看著無聲的ＤＶＤ，在黑暗之中。如果不找些事來做，我不知道該怎麼打發這漫漫長夜。

這支ＤＶＤ演的是一個警探和一個女毒梟的故事，他們原是青梅竹馬的小戀人，多年後再相逢，卻成了死對頭。在你來我往的爾虞我詐中，警探和女人終於忍不住彼此的激情，在浴室裡瘋狂做愛。

看著警探扯破女人的黑色絲襪，女人扭過頭，難以置信卻又充滿期待的眼神，我的喘息變粗了，有些抑制不住。睡在床上的水雲在這時候也轉過身來，睜開眼，看著螢幕上扭成麻花的兩具胴體。

她靜默半晌，轉頭看我。

我也注視著她，心慌意亂的。我確實是失眠了好幾天了，我有些不能自主。為什麼她距離我愈來愈近？我發現自己竟在床邊坐下了，捱著她的身體與氣息。

「你總不睡覺不行的。」她輕聲說著，挪了挪自己的身體：「來。我陪你好好睡一覺吧……」

我貼著她躺下來，嗅聞到茉莉花似有若無的香氣。

「茉莉。」我喃喃地。

「是啊，茉莉花，我替你種下的，等到雨季來臨，它會開很多花的。」

我伸出手臂抱攬她：「等到雨季來臨，妳就要離開了。是嗎？」

水雲的手指纏住我的頭髮：「什麼都別想，好好睡一覺吧。」

我竟然真的在她身邊睡著了，在我心愛的女人身邊，沉沉地入睡了。

天亮之前，我作了一個夢。夢見一個全身赤裸的雪白高大的男人，鑽進水雲的薄被裡，占有了她。我的心像撕裂般痛楚，卻無可奈何。

當我醒來，便忍不住伸手摸索著水雲的手臂，直到她的肩胛與頸脖。水雲睜開眼，與我相對互望，我的手很有決心，並不打算停下來，觸到她的胸，然後是腰和腹部，她也不出聲阻止。而當我的手碰觸到她的小腹，卻像被蠍子螫到一樣彈開了。

我拉開薄被，看見她隆起的腹部，她確實是一個懷孕的女人啊。

那一天，她在拌沙拉，我在料理烤雞，看著她挺著肚子緩慢移動，我必須面對現實，她只住進我家三個月，就有了這麼大的肚子，確實是不尋常的事。

「我要怎麼做，才能留住妳？」

水雲停下攪拌的動作，仍低著頭。

「不管我的對手是什麼，我要把妳搶回來。我不甘心。」我向她靠近：「妳知道我對妳的感情嗎？妳知道妳那年離開之後，我沒辦法喜歡任何一個女孩子？妳知道妳這樣回來，又準備離開，對我很殘忍嗎？」

水雲抬起頭，眼中盈著淚光：「對不起。我真的對不起你……」

「就這樣嗎？妳只能說這句話嗎？沒有別的了嗎？妳不能留下來，和我在一起嗎？一點點可能都沒有嗎？一點點希望都不給我嗎？」

「我原本不想活下來的！我根本不想活著的……」水雲蜷著身子，很痛苦的樣子，靠在料理檯邊，發出呻吟。

「怎麼了？妳哪裡不舒服？」
水雲用力抓住我的衣領，她的脖子粗腫起來，喘著氣：
「肚子好痛。我要生——要生了！」
水雲的生產過程很順利，她並沒有痛很久。
一個小男嬰。完全是一個正常的Baby，身上沒有七彩光芒，只是比別的孩子更白皙。像個外國孩子。
剛剛生過的水雲，看起來還是那麼美麗，出過力的臉頰緋紅，豔光四射。
「是兒子。」我跟她說：「正常的小孩。」
「真的是，麻煩你了。」
我說我要回家去幫她帶點私人用品來醫院，順便燉點補品來。
當我轉身離開，她忽然牽住我的手。
「那天，我確實在月臺上。」她說著，與我的手指交扣。
「你沒看錯。我那天想要跟他一起走，想從月臺上跳下去，他把我拉回來，送到對街，他告訴我，我會遇見一個愛我的人，幫助我，照顧我。」
那個人就是我。我點點頭，沒有說話。
她拉起我的手，偎在腮邊：
「將來有一天，你會忘記這一切，可是，我會永遠記著你的。」

「我才不會忘記。我說過的，我還沒有放棄呢！」我挺起背脊，拍拍她的手：「不要小看我喔，我也是很勇敢的，會不顧一切爭取的。」

我回到套房去，把枕被都洗了掛起來晾曬，水雲很快會回家，要給她全新的感覺，她要在這裡坐月子呢。曬衣服的時候，我用勺子舀起一些水來澆花，那盆茉莉結出好幾個苞來，我多給了它一點水。

啪答。

一粒水珠落在臉上，是澆花濺起來的嗎？

啪答。

又一粒。更多粒。

下雨了。

我怔怔站立著。真的下雨了，旱季已經過去了。

我站在雨中，任憑枕被淋濕，而我的心內焦荒，下雨了。

我轉身奪門而出，飛奔往醫院。

水雲。水雲。等等我，千萬不要走！

我趕到病房的時候，護士正吱吱喳喳的湊在一起，議論紛紛。水雲果然不在病床上，綠色薄被還保留著她身體的形狀。像是剛剛推開被子起身的模樣。

「季先生。」迎過來的是護士長吧，她驚惶地：「你沒遇見你太太嗎？她說要帶孩子去找爸爸呢。我們都攔不住她，她還很虛弱呢。小孩子連衣服也沒穿，光溜溜的，她抱了就跑——」

我沒回話，發狂似的衝出醫院，雨停之後，就是她要離開的時候了。攔下一輛計程車，我說出了一個地名「彩虹」。

「到彩虹捷運站。」

計程車前方的雨刷，激動的刷了一會兒，停下來了，因為雨停了。薄薄的陽光，從雲層後方灑向大地。

「雨季開始囉。」計程車司機說著：「出門得帶著傘囉。」

雨季重新蒞臨。

我在捷運站對面下車，月臺上，看見水雲抱著嬰兒，站立著，宛如絕壁。

「水雲——」我大聲吶喊。

水雲似乎聽見了，她將嬰兒捧抱在胸前，對我微笑頷首。

這是訣別的微笑，悽絕美絕。

軌道另一頭，列車正要行駛到站，帶來好大的風，那風讓附近的樹木都晃動起來了。水雲的身子一點也不退，她筆直的往軌道下墜。

吱——一種頻率極高的聲響，貫穿耳膜，我不得不掩住耳。

列車穩穩進站停穩了。

我四下搜尋，並沒有看見水雲，她的愛侶，孩子的父親確實拉住她，卻沒有把她送到對街，沒有把她送到我身邊。

兩個小學生指著水岸的方向，驚詫地叫著：

「看！有三道彩虹耶！」

那天的新聞都是三道彩虹的天文異象：

就在今日下午兩點四十五分左右，剛下過雨季的頭一場雨，天空灰濛濛的，但太陽卻很亮，在太陽的左右兩側，出現兩根對稱的彩虹光柱，在太陽上方，有一條弧形彩虹，彩虹兩端向上，三條彩虹將太陽環繞在中間，彩虹亮麗、太陽耀目，吸引了眾多行人的目光，大家紛紛議論：從沒見三條彩虹環繞太陽，世所罕有，連氣象學家也無法解釋。

水雲告訴我，我會忘記這一切的，但，我發覺忘記太難，所以，不想費這個力氣。我以前並不愛下雨，總覺得麻煩。可是，現在的我，卻很喜歡下過雨之後的時光，空氣裡有泥土和草葉的氣味。

有時候，我也在天臺上坐著，眺望水岸，天臺上的茉莉和那盆被遺留下來的香草，都生長得很好。

它們也朝向水岸，和我一樣，彷彿在等待著什麼。
彷彿，這等待可以成真。

——取材於晉．陶淵明《搜神後記》
（選自二〇〇六年《張曼娟妖物誌》）

小小的芭蕾舞步

他把大提琴的盒蓋打開，準備將琴收起來，
卻驚詫得差點叫出聲來，一個女孩，蜷在琴盒中。

穿越明日的山徑

古豐樂正點起菸斗，車身一轉，便見到整座山谷，在面前展開，一束陽光投射在花田上，像是剛剛織成的錦緞，閃亮璀璨。他看得有些怔了，沒聽見月芳同他說話。

「你耳聾啦？」月芳的嗓門提高了。

「什麼啊？我沒留意。」他有點懊惱。

難道月芳沒看見這樣美麗的景色嗎？如果是以前，她一定會停下車子，歡快的跳下來，開心的嚷嚷著，好美啊，好美啊，簡直是人間仙境。

現在的她，緊鎖眉頭，視若無睹，怎麼會變成這樣的呢？一定是因為在吃減肥藥的緣故，他常覺得一切美好的生活，都是從她開始吃減肥藥之後，就變壞了。當她愈來愈瘦，脾氣愈來愈壞，他們的生活也再無快樂可言了。

「你專心一點好不好？總是抱怨沒有靈感，我看你是根本做什麼事也不專心。」

「我專心在看風景啊。」他笑笑地說。

月芳不覺得好笑，一點也不笑。

「我說啊，我幫你爭取了兩個月，這已經是我的極限了，導演啊、製作人啊，唱片公司啊，我都會幫你擺平，可是，時候到了你要是還交白卷，我真的沒辦法了……」

「小月……」他看著她的側臉，雙頰凹陷，顴骨隆起，這個削瘦的女人，已經完全不是當年的小圓月了，可是，他明白她為自己吃了多少苦。

充滿感情的，他對她說：「妳回來我身邊，好不好？」

「老古啊。我們討論過的，你別煩我，我也不嘮叨你，咱們各過各的，行不行？」那好不容易舒展開的黑眉毛又擰在一起了。

他喜歡她以前稀疏的淡眉，像個孩子似的，現在的眉是紋過的，她自己喜歡的樣子。變得精明，企圖心勃發。

「行行行。」他噴出一口煙：「妳說的都行。」

「你記著，千萬別在屋裡抽菸……」

「我知道，要去屋外抽。」

「也別在草堆旁邊抽，免得火星子飛出去燒著了……」

「我就不明白，為什麼非得來這裡？我就是沒靈感了，把我藏起來，靈感就能來了嗎？」提到抽菸的事，他就有點煩躁。

嘎——尖銳的煞車聲響起，車子猛地停住，老古的頭撞上擋風玻璃，菸斗從他口中掉下來，落在月芳的裙子上。他原本想抱怨，月芳的反應未免太大了，可是，那一下子撞擊，讓他突然失去了知覺。

有幾秒鐘，他在奇異的暈眩中，看見一個少女，輕快的從車子前面跑躍而過。短短的頭髮飄揚著，臉兒笑得好圓，白白的牙齒閃著細碎的光芒。

那光芒閃得他無法睜開眼睛，他只好閉上雙眼。

老古！嘿，老古！

他覺得奇怪，少女怎麼知道他叫老古呢？只有少數幾個親近的朋友才這麼叫他，其他的人，都恭恭敬敬喚一聲「大師」。

沒有靈感的大師，仍然是大師。

「老古！」冰涼的手拍擊著他，他聽出來，是月芳的聲音。

「你聽得見我嗎？你怎麼樣了？」月芳的唾沫子飛在他臉上，靠得很近，像是要給他做人工呼吸的樣子。

他深吸一口氣，看著月芳：「妳用什麼香水？這麼好聞？」

「你真是死性不改！」月芳把他推開。

他確實聞到一股沁雅的香氣，仔細嗅一嗅，又消失了。

「妳想謀殺我啊？」他扭了扭脖子，拾起菸斗：「講得好好的，說翻臉就翻臉，緊急煞車，妳自己也在車上啊！玉石俱焚啊？」

月芳開了車門下車去，東張西望。

「怎麼啦？」他也跟著左顧右盼。

這是一條不算寬敞的山路，已經進入山谷了，一邊是花田，另一邊是樹林，蟬聲正熱烈的鳴唱著，秋天的蟬聲像很薄的透明玻璃紙，摩擦著發出高亢的聲響，籠罩住整個谷地。

「你沒看見嗎？」

「看見什麼？」

「剛剛啊，在我踩煞車之前……」

他想到了少女的笑臉，但他沒說出來。

「我看見一隻……」月芳思索著該如何形容：「不知道是狗啊還是什麼……」她又彎下腰在車輪下面巡視，看了一圈，才鬆了一口氣：「還好，沒壓到。你知道的，我姑媽愛護動物是世界第一的，如果我撞到動物了，那就萬死莫辭了。」

「小月啊！」古豐樂做出可憐兮兮的表情：「妳還是帶我離開吧，我真的不想待在這裡，跟妳姑媽一起生活啊。」

「放心吧！你是動物，我姑媽會愛護你的。」月芳說著，笑意從眼梢流洩而下。

古豐樂忽然覺得有點安慰，已經好久沒見過，月芳因他而微笑了。

牧場的入口處到了，「紫夢牧場」四個大字高懸著，這就是他要度過兩個月的休養所，他將風雲再起，或從此銷聲匿跡，就全看這兩個月了。

這裡是否藏著靈感呢？他能重新獲得靈感嗎？

「喂！老古。你不會讓我失望的吧？」月芳的眼神中，明明白白看見期望。

「哼。」他含含糊糊應了一聲，做為回答。

轉頭看著來時路，那被綠蔭層層掩映的山徑，是剛剛走過的，也是通往明日的。只是，誰知道等在明日的，將會是什麼？

他嗅到空氣中有陣陣香氣，啊，是薰衣草。

薰衣草神奇料理

安妮真是個奇怪的女人。

泡在浴池裡的古豐樂忍不住這麼想，他雖然隨著月芳叫安妮姑媽，其實，安妮只比他大十歲，看起來卻與他年齡差不多，四十左右的樣子。這個五十歲的女人，曾是個舞蹈家，後來為了愛情，退出舞蹈界，與畫家丈夫經營牧場，丈夫過世之後，她就守著丈夫的牧場和畫作，過著農婦的生活。如果她肯賣畫，或者乾脆賣了牧場，便可以過著養尊處優的日子，可是，她不肯賣。

安妮天一黑就要上床睡覺了，他只好獨自吃一個緩慢的晚餐，然後，在牧場裡隨意逛逛，與幾個工人閒聊，再逛進主屋裡，爬上階梯，管家桑媽媽捧著毛巾等候著他。

「古先生，您去泡個澡，早點休息吧。」

古豐樂心裡明白，如果不是因為他，他們大家都早早休息了，用不著熬到現在。他立即接過浴巾，往浴室裡去。那是一間很寬廣的浴室，中間有一個用觀音石砌起來的浴池，熱氣氤氳，像是騰雲駕霧一般。泡進浴池，正對著一扇大窗，窗外是一片休耕的田地，更遠處是森林。躺在浴池裡還能看見滿天星星。他特意熄了燈，鬆弛了全身神經，讓溫熱的水浸泡著，腦袋也完全放空，什麼思想都沒有。只是讓熱水把身體飄浮起來，像是回歸母體的舒適安穩。

咚，咚咚咚，咚，咚，咚咚咚……

乒乒，乒乒，乒乒，乒乒……

他聽見了節奏，他對節奏如此熟悉，如此敏感。他聽見了節奏。

乒乒乒乒，乒乒乒乒乒，乒乒乒，乒乒……

是從樓上傳來的，這是舞步，有人在練舞，配合著音樂跳舞，他雖然聽不見音樂，卻抓得出節奏。這是一支快樂的舞曲。

難道是安妮在練舞？白天是個農婦，是丈夫期望的樣子，夜深人靜的時候，她獨自練舞，恢復成自己。原來，這便是安妮最真實的樣貌。

他發現自己竟有些眼濕，被這個故事感動了。明明是四十幾歲的中年人，怎麼竟這麼容易感動呢？他嘲笑自己，身子一撐，從浴池起來，走到水龍頭前沖洗身體。他看著水柱擊打著自己的軀體，那仍舊緊實的肌肉，是常常去健身房裡鍛鍊出來的，一身皮肉可以鍛鍊精壯，為什麼靈感卻萎縮了呢？

他還記得在歌劇院，場場爆滿的那連續五十場演出，他譜出了「驚人的天籟之聲」；「竊取了上帝的曲譜」，這些都是樂評人的褒獎之詞，而他還記得那種得心應手的感覺。那時候，身邊的助手有十幾個，他隨時隨地都能作出曲子來，吃早餐的時候、上廁所的時候、游泳的時候、剔牙的時候，甚至是在做愛的時候。這些助理輪班跟著他，第一時間把曲譜記錄下來，月芳抱怨過，連燭光晚餐也有個助理在暗處窺伺。不只是月芳，別的女人也抱怨過，當他們偷情的時候，隔壁房間就躲著個助理。

他想著，搖了搖頭，怪不得熟悉他的人都說：「你該的，老古，你把你的好運和才華都揮霍光啦！」像個詛咒似的，他這才知道，原來有這麼多人對他不以為然，他一直以為大家都很崇拜他的。

他裸著身子，走到窗邊，窗子被白色霧氣封住了，他用手掌抹了抹，往外望。從主屋裡頭射出的燈光，微弱的照在田地裡，他看見一個很年輕的女孩，正在跳舞。乒乒乒乒乒，乒乒乒，乒乒……

女孩的身子渾圓嬌小，舉手投足充滿旋律，非常靈活，他心裡想，這難道是安妮的學生嗎？拜安妮為師，來學舞的？

女孩一個旋轉，忽然仰臉望向他，微笑著，對他揮揮手。

他猛然想起自己是赤裸的，嚇得背轉過身子。

過了幾秒鐘，他又想到，女孩不該看見他的啊，浴室裡是黑的，再說，這應該是一片不透明的玻璃，只有裡面看得見外面。

他覺得自己太神經質了，女孩也許只是在跟同伴打招呼，深吸一口氣，他再度轉身，望向窗外。

那一大片休耕的田地，安靜的睡臥著，哪裡有什麼女孩？

他失眠了。

這已經是習慣性的失眠了，他希望自己只是失眠，可不想再加上個幻覺之類的毛病。只是，將睡未睡之際，他便會看見舞蹈的女孩，隨著她的身體律動，他竟然能捕捉到幾個躍躍欲試的音符，成一段短短的曲子。

天剛亮，桑媽媽就來敲門，說是安妮請他去吃早餐了。

安妮看起來神采奕奕，頭上紮一條圍巾，穿了件寬大的長襯衫，正在張羅餐桌。桌上有薰衣草烤麵包、藍莓果醬、迷迭香薄煎豬排，還有一大盅薰衣草熱牛奶。

「睡得還好吧？」安妮遞一塊麵包給他：「今天我們有很多活兒要做，得去把新買的那塊地整出來。中午你要照顧自己，午餐已經放在冰箱裡了，你自己拿出來熱熱。在這裡，我們的餐點，都是薰衣草口味的，你吃得慣吧？」

「薰衣草……」他喃喃地唸著。

安妮已經像陣風似的，出門去了。

他吃過早餐，進了房間，把夜來得著的幾節樂曲譜出來，打開大提琴的盒子，用弓拉出幾個音符，調了調弦，再拉一小段，大提琴沉緩怨慕的音調，在屋裡飄盪著，低迴著，像是找不到出路，多麼像是他自己啊。

他覺得渴。

將大提琴靠在床邊，他走出房間，屋裡一個人也沒有，連桑媽媽也出去了。他在廚房裡轉了轉，看見那一盅薰衣草牛奶，喝點牛奶也不錯。他將牛奶倒進小鍋子裡，熱得沸騰了，薰衣草的氣味溢出來，蓋住了牛奶的腥味。他吃早餐時，沒有碰過的牛奶，淺淺的紫色忽然引起他的欲望，他喝了一口，淡淡的甜味與薰衣草結合得很恰當，順滑的口感，使他一口氣喝掉一大杯。

只有在童年時候才這麼熱中喝牛奶的，前些年，他喝威士忌和紅酒，早就不碰奶製品了，更何況是喝牛奶？他喝完牛奶，不知怎地，眼皮子重起來，竟感到昏昏欲睡。

過去就算是夜裡失眠，白天也不會想睡覺的，可能是鄉居生活，空氣大不相同。也可能是這一大杯薰衣草牛奶吧，薰衣草不是安定精神的？

他回到房裡，決定先補個眠，睡眠對他來說，何其珍貴啊。

他把大提琴的盒蓋打開，準備將琴收起來，盒蓋一開，卻驚詫得差點叫出聲來，一個女孩，蜷在琴盒中，她穿著一件薄紗舞衣，緊裹著上半身，下半身卻幾乎是完全裸露的。

「天啊！」他倒抽一口氣。

女孩雙手掩住臉，聽見他的聲音，才將手拿開，一張皎潔甜美的圓臉，展露出來。她的臉上有著調皮的神情，一點也不羞赧驚惶。

「睡在琴盒裡好舒服喔。我可以在這裡睡嗎？」女孩的臉頰上嵌著一個酒窩。

「呃……」古豐樂一時之間竟不知道該如何回答：「妳是……」

「我沒見過你啊。你是誰？剛剛的琴聲是你拉的嗎？聽起來很憂傷呢，你不開心嗎？」女孩一連串的問著，一邊坐起身子。

「我是……老古。妳可以叫我老古……我，其實沒有很憂傷，只是有一點點不快樂……」他一直注視著少女：「我覺得妳有點面熟，我們以前見過嗎？」

這並不是和女人搭訕的伎倆，他看著少女的臉，確實有種熟悉感。

少女已經從琴盒跨出來，笑嘻嘻的湊近他：「我也覺得你很面熟啊。」

她湊得實在有點太近了，連從不躲避女人的他，都忍不住向後退了一步。

「妳和安妮學舞嗎？」他只好努力找話講。

「噓……」少女踮起腳尖：「安妮不喜歡講跳舞的事，我也不喜歡。」

她暖暖的氣息吹撫在他耳際，酥酥癢癢，他的腿有點軟了。

「我喜歡你的音樂，很好聽。我喜歡。」

當她的身子貼上來，他的胸膛承受到她柔軟的雙峰，便一屁股坐在了床上。說真的，他已經好久沒有見過這麼豐滿的女人了，不只是她的胸部，而是她整個體型，都是渾圓的。天知道，這才是他心目中的理想女人。她用圓滾滾的手臂圈住他的頸項，輕巧的一個騰躍，便跨坐在他的腿上了。她的圓滾滾的雙腿屈著，呈一種跪坐的姿勢，纖瘦的女人絕不能迸發出這樣的肉感。

「妳，滿十八歲沒有啊？」古豐樂只剩下這個掙扎。

少女不理會，勾著他的頭，開始親吻。濃冽的薰衣草香味，牛奶的甜味，從她的口中送進他的口中，一股電擊般的酥麻，直接貫穿腦門。他最後的防衛也潰決，像個野獸似的吻她、咬她，在她細緻的下巴刻滿唇印，而她不斷的嗯嗯哼著，只激發出他更猛烈的進攻。他就像是在品嘗著薰衣草的神奇料理那樣的，將她的衣裳褪盡，按壓她深深陷進床裡面，一次一次又一次，直到她發出求饒的細細啜泣聲，他才能停止。

他把臉埋進她的雙乳間，感覺著她快速的心跳，震動著肌膚，也震動著他的耳膜。這樣豐美的女體，讓他彷彿也變成了一個少年。

他在少年的夢中睡去。

紫色的夢幻泡泡

在少年的夢中，他又回到了山坡上那所音樂學院，和琴師的女兒雲朵滾在細細的草地上。雲朵就像天上的雲朵一樣，渾圓的，輕盈的，開朗的，讓人看了就能有好心情。雲朵是他第一個情人，那年，他十八歲，雲朵十七歲。學院裡很多富家子弟都在追求她，而她偏偏只喜歡古豐樂，她喜歡聽他拉大提琴，每當他開始演奏，她便抱著膝蓋，安靜的聆聽，眼睛濕濕地。他擱好琴，就過去親吻她，吻遍她臉上每一寸，直到她開心的笑起來。

他們的第一次，是在雲朵父親的造琴室裡發生的。兩個人都沒有經驗，他卻給了她很多承諾，他那時正要出國去參加比賽，他告訴她，如果得了名次回來，就要和她結婚，永遠在一起。

他得了第一名，留在國外繼續進修，再也沒有回山坡上的音樂學院。過幾年，聽說雲朵嫁人了，是個和她父親學造琴的學徒。

這也許是最好的結局。他後來一直這樣對自己說，青春時的歡愛，不管有多美，就像是紫色的夢幻泡泡，終究是要破滅的。

原來是雲朵。

醒來的時候，他忽然想起，睡在琴盒裡的少女，激起他無限愛慾的少女，原來像雲朵，怪不得如此面熟。可是，他其實有好多年都沒想起雲朵了啊。

醒來的時候，少女已經不在懷裡，他看著起縐的床單，這一切，該不會是春夢一場吧？

然而，他的手拂過床單，有一些音樂拂過他的腦海，一些新鮮的元素與組合，他忙著掀開曲譜，記錄下來。看著完成了好幾頁的組曲，他有些難以置信，這已經是好多年沒有的創作狀態了，就像滑雪一樣流暢快意。

他試著彈出來，曲中的甜美青春，淡淡悵惘，是山坡上佇立等待的雲朵，也是琴盒裡睡姿撩人的少女。

天黑之後，安妮他們從田裡回來，大家一塊兒進入餐廳用餐。仍意猶未盡的談論著白天的工作與想法，古豐樂安靜的沉溺在自己的奇遇中。

「嘿！老古。桑媽媽說你的午餐一點也沒動，怎麼？不喜歡？」安妮在餐桌的另一頭問。

「不是的，我只是……」他仔細斟酌用語：「我創作得累了，就睡了一覺，醒來天已經黑了。」

「真是大師啊！」工人之一讚歎著：「像我們這些粗人，如果沒吃飽，怎麼也睡不著。」

安妮招來桑媽媽問著：「金鈴子吃了沒有？」

「在睡呢。也不知道為什麼那麼累。」

她們的對話聲音很低，可是，古豐樂卻聽見了。

金鈴子。原來是金鈴子。金鈴子在睡，金鈴子為什麼那麼累？只有他知道為什麼。他忍不住的心裡發癢，喜孜孜地。有種想要逾越的企圖，他忍不住衝動的問：「姑媽為什麼不和妳的學生辦個舞展呢？」

「我的學生？」安妮環視著粗壯木訥的工人：「我和他們辦舞展？跳插秧舞？還是整地舞啊？」

一桌人嘩地大笑起來。

古豐樂閉上了嘴，金鈴子說得沒錯，安妮不喜歡提到跳舞的事。他不該提。

然而，這小小的逾越令他感覺刺激，他需要刺激，一向如此。

他等候著帶給他尖銳興奮刺激的少女，再次出現。他滿屋子尋找，一點蹤影也沒有，當大家都出外整地的時候，偌大的房子裡，只有他孤伶伶的一個人。少女到哪兒去了呢？也許，她並不住在這裡，也許她是從別處來這裡跳舞的，現在，她又離開了，離開之後，還會不會再回來呢？

他已經好久沒有領略過這種思念的情緒了。在思念中，他試著譜了一些憂傷的曲子，並且演奏它們。大提琴的聲音，連屋內的家具都產生了共鳴，只是，少女依舊沒有出現。

一個多禮拜過去了，他將大提琴搬到穀倉門口，在陰影裡試著演奏一支新完成的曲子，做一些小小的修改。修改了幾個音符，抬起頭，便見到了少女。穿著一身粉紅色的緊身衣，小小的芭蕾舞裙，微笑地看著他。

「金鈴子！」他的內心因歡快而悸動。

原本已經向他迎來的少女，忽然有些遲疑。

「妳不叫金鈴子？」

「你怎麼知道我叫金鈴子？」她的嘴微微嘟翹著，憨態可掬。

他真的好想衝過去給她一個深深的吻，吻到她發出嗯嗯的聲音，吻到她哀求他更進一步，對她為所欲為。

「我喜歡你的音樂，怪不得他們都叫你大師。」金鈴子的眼睛裡閃著少女純真的光芒，讓他不敢造次，雖然蠢蠢欲動。

「妳來跳舞，我來伴奏。好不好？」

「你要為我演奏？真的？」金鈴子快樂起來，臉頰上的潮紅湧起。

古豐樂真希望她趕快開始跳舞，要不然他就要忍不住剝下她的緊身衣和芭蕾舞裙了。

金鈴子抬頭深呼吸，做了幾個柔軟的伸展動作，便開始踮起腳尖來，她穿著一雙深褐色的芭蕾舞鞋，輕盈地舞動起身子，她的每一個旋轉與彎身，都激動著古豐樂，那些音符和樂曲排著隊從他腦海中傾洩而出，透過金鈴子的舞動，他可以看見那齣等待創作的音樂劇中的情節，彷彿在舞臺上，攀越高山的女主角，在雲端高歌；而那遠征的男主角，在垂死的溪畔掙扎求活，他的音樂中有了風雪，有了月光，有了風化的岩石，有了一切，他因激動而顫抖，汗流浹背，就像是造了一場空前絕後的愛。

金鈴子停下來的時候，他也幾近癱瘓了。

金鈴子滾進他懷裡，撫著他的大提琴，汗水使她的緊身衣透明起來：

「要不要把曲譜記下來？」

他拿出曲本，找不到地方可以書寫，金鈴子一個翻身趴在草堆上，她說：

「在我背上，在我背上寫嘛！」

像個小女孩似的，她這樣要求，誰能拒絕這樣的邀請呢？她的背，平坦厚實，薰衣草的氣味，陣陣從汗濕的背上蒸騰而出。他就在那塊如同桌子一樣平坦的背上，記下了每一個樂章。

「完成了。」他將墨水筆套上，有些難以置信地：「只剩幾節過場音樂，就完成了。怎麼可能？」

金鈴子仍然趴著，肩膀一聳一聳的。她流淚了。淚水滑過臉頰，膚色更顯出透明的光澤。

他撫著她頸上掛著的一顆小金鈴，再從她的肩一路下探，俯在她耳邊說：「不哭不哭。妳為什麼哭？」

「你是不是要離開了？回城裡去了？我捨不得你走。」金鈴子撲進他懷裡。

他還沒來得及說話，先親吻了她，這一吻無法收拾，他們滾進草堆，纏綿著難捨難分。

「我要帶妳走。」古豐樂在情慾酣暢時，說出這句話：「妳是我的繆思。」

「你根本不知道我是誰，你不會想帶我走的。」金鈴子皺了皺鼻子說。

「是妳嫌棄我。」古豐樂咬她的鼻子：「妳嫌我是個老頭子。」

「誰敢說你老？」金鈴子的眼光溜過他赤裸的胴體：「讓她們來試試看。」

他大笑，每個細胞都樂不可支，就是她了。她是他一直在找，一直想要的女人，她能為他找回無窮的活力與青春。

他解下自己掛在脖子上許多年的一方玉珮，纏繞在她的金鈴項鍊上：「我已經下定決心了，沒人能拆散我們。」

「你不是認真的吧？」金鈴子有點憂鬱。

「我從來沒有這麼認真過。」他看著她的眼睛，一個字一個字的說著。

「不行的。不能認真的……」她想解開頸上的玉珮：「會讓人看見的，你把它取下來，取下來吧！」她顯然對於項鍊是一點辦法也沒有的。

陽光不知何時隱去了，天漸漸黑了。

金鈴子更加焦躁：「快啊！解下來啊！」

他不明白，為什麼氣氛忽然變了。但，他聽見車子從遠處駛來的聲音，是安妮他們收工回來了。

金鈴子倏地起身，穿回她的衣裳，立即往樓梯上跑，古豐樂想也沒想，就跟著她跑。

「別跟著我！」金鈴子一邊跑著，一邊回頭對他嚷嚷：「你別跟著我！」

「妳別怕啊！沒什麼好怕的。我來跟他們說——」

安妮他們的車就在穀倉前方停下了，大家開了車門，準備下車。安妮大聲叫著：「吆吆！金鈴子！在哪裡啊？」

古豐樂的眼光從安妮那裡轉回來，金鈴子不見了，跑在前方的是一隻小豬。

他的腳一下踩空了，轟隆，直直摔落下來。

好像連哼都沒哼一聲，就昏迷過去了。

捲捲的小豬尾巴

渾圓的豬屁股晃啊晃的，小小的捲曲的豬尾巴，在他眼前忽遠忽近，在這場冗長的夢境中，他分不清自己是醒著還是睡著。

「竟然都已經完成了？簡直是奇蹟！」一個女人的聲音在說話：「我已經傳去劇場了，導演看見都哭了，感動得不得了……他們說他是永遠的大師，是永遠的。不知道啊……沒人知道發生了什麼事，醫生看過了，一點腦震盪，應該沒什麼大礙的。是啊，可能是太累了，我也這麼想，對啊，讓他趁機休息一下也好……」

另一個女人的聲音響起：「這已經是第三天了吧？妳也陪了這麼久，去休息一下吧，我和桑媽媽看著他就好……」

古豐樂感覺有一隻涼涼的手，撫過他的額頭。是金鈴子嗎？

「金鈴子！別怕……」他抓住那隻手，醒過來。

「你醒啦？老古啊！你嚇死人了！」月芳抽回自己的手，輕輕拍打他的臉頰，無限溫柔地。

他看見自己睡在房間裡，安妮和桑媽媽也在。就是金鈴子不在。

「金鈴子呢？」他問安妮。

安妮和桑媽媽古怪的看了彼此一眼。

「你找金鈴子？」

「是啊。她躲在哪裡？她被妳嚇跑了！我要帶她走，不管妳反不反對，我決定了！」

「古先生！你這就太不講理了，金鈴子是我們太太的心肝寶貝，是先生送她的禮物，你說帶走就帶走，這不是作客之道吧？」桑媽媽有點動氣。

「金鈴子是個人，不是禮物，怎麼可以送來送去的？」古豐樂也動了氣。

這話一說出口，大家都安靜下來了。

「老古啊！你近來撞了兩次頭，你還好吧？我看，我們得去醫院徹底檢查一下才行啊。」月芳的話聽在他耳裡，簡直是莫名其妙。

「桑媽媽。去把金鈴子帶來。」安妮下個指令給桑媽媽。

「妳不是在教金鈴子跳舞嗎？我聽過妳們跳舞的聲音，妳可以不承認這件事，我知道妳不喜歡提這件事。可是，我和金鈴子的感情，妳是不會明白的，我少不了她，她也少不了我了！我們要在一起，誰也不能拆散！」

那股濃郁的薰衣草氣味飄揚而來，他知道，他的金鈴子來了。

桑媽媽走進來，懷中抱著一隻粉紅色的迷你豬，剛剛正在喝牛奶的豬嘴上，還有一圈薰衣草牛奶的白沫。

「這就是金鈴子。」安妮接過迷你豬：「我已經養了快二十年了。我把牠看成自己的女兒一樣，你要把牠帶走？」

是一隻豬，是一隻豬。他看見小豬頸上的金鈴，與金鈴纏在一起的玉珮。是一隻豬。竟然是一隻豬。

「妳們騙我！」他大喊：「不可能！這是不可能的……金鈴子是個女孩！我和她親過嘴！我和她做過愛！她是個女人——」

她是我的繆思，我的青春源頭，她竟然是一隻豬。

吆——吆——吆！叫做金鈴子的小豬，彷彿也受到刺激似的昂著頸子叫起來。一邊叫著一邊踢著牠的蹄子，小小的、深褐色的芭蕾舞鞋。一踢一踢，踢出小小的芭蕾舞步。

「金鈴子！我要我的金鈴子——」古豐樂的嘶吼聲，震動了屋瓦。

多年之後，「紫夢牧場」的工人們，仍然認為他們見過最怪的事，就是一代音樂奇才，被稱為古大師的男人，忽然從牧場失蹤了。

他最後那齣音樂劇的演出十分轟動，可是，他依然沒有出現。許多媒體到牧場守候徘徊，想尋出個蛛絲馬跡，可是，這個人確實憑空消失了。

牧場還是老樣子，安妮領著大家日出而作，日入而息，唯一有點不同的是，安妮最心愛的迷你豬不見了，而她再也不提起。只是，餐桌上的薄煎豬排再也不出現了，沒有人問過原因，私下都說，可能是思念可愛的小金鈴的緣故吧。

每天的日子還是一樣的過，薰衣草年年豐收，整座牧場裡都是薰衣草的氣味，一種令人感覺安詳寧謐的氣氛。

工人們勞動一整天，期待的就是可以吃得飽飽地，在薰衣草的氣味中，像豬一樣的酣眠，真是最幸福的事了。

——取材於晉・干寶《搜神記》

（選自二〇〇六年《張曼娟妖物誌》）

國家圖書館出版品預行編目資料

煙花渡口／張曼娟著.--初版.--臺北市：皇冠文化.
2011〔民100〕
面；公分（皇冠叢書；第4094種）
（張曼娟作品；21）
ISBN 978-957-33-2777-6（平裝）

857.63 100002251

皇冠叢書第4094種
張曼娟作品 21
煙花渡口

作　　者—張曼娟
發 行 人—平雲
出版發行—皇冠文化出版有限公司
台北市敦化北路120巷50號
電話◎02-27168888
郵撥帳號◎15261516號
皇冠出版社(香港)有限公司
香港銅鑼灣道180號百樂商業中心
19字樓1903室
電話◎2529-1778　傳真◎2527-0904
總 編 輯—許婷婷
美術設計—王瓊瑤
著作完成日期—2011年1月
初版一刷日期—2011年3月
初版十一刷日期—2021年7月
法律顧問—王惠光律師
有著作權・翻印必究
如有破損或裝訂錯誤，請寄回本社更換
讀者服務傳真專線◎02-27150507
電腦編號◎012021
ISBN◎978-957-33-2777-6
Printed in Taiwan
本書定價◎新台幣300元/港幣100元

● 張曼娟官方網站：www.prock.com.tw
● 皇冠讀樂網：www.crown.com.tw
● 皇冠Facebook：www.facebook.com/crownbook
● 皇冠Instagram：www.instagram.com/crownbook1954
● 小王子的編輯夢：crownbook.pixnet.net/blog